KB165382

군주론과 쌍벽을 이루는

통치자의 지혜

군주론과 쌍벽을 이루는

통치자의 지혜

초판 | 2014년 6월 10일 발행

지은이 | 프란체스코 귀치아르디니
옮긴이 | 이동진
펴낸곳 | 해누리
고   문 | 이동진
펴낸이 | 김진용
편집주간 | 조종순
디자인 | 신나미
마케팅 | 김진용·유재영

등록 | 1998년 9월 9일(제16-1732호)
등록 변경 | 2013년 12월 9일(제2002-000398호)

주소 | 121-251 서울시 마포구 성미산로 60(성산동, 성진빌딩)
전화 | (02)335-0414 팩스 | (02)335-0416
E-mail | haenuri0414@naver.com

ⓒ 이동진, 2014

ISBN 978-89-6226-046-5 (03880)

군주론과 쌍벽을 이루는

통치자의 지혜

프란체스코 귀치아르디니 지음 ㅣ 이동진 옮김

해누리

CONTENTS

프란체스코 귀치아르디니의 초상화

프란체스코 귀치아르디니(Francesco Guicciardini, 1483-1540)는 마키아벨리와 더불어 16세기 르네상스 시대를 대표하는 탁월한 사상가이다. 또한 마키아벨리와 둘도 없는 절친한 친구였던 그는 당대에 저명한 정치가, 외교관, 역사가로 활약했다.

그의 대표작 중의 하나인 《이탈리아 역사》는 침략전쟁과 격변의 시기인 16세기 초 이탈리아에 관한 가장 중요한 역사책이 되었다.

여기 소개된 《통치자의 지혜》는 그가 18년에 걸쳐서 저술하고 여러 번 수정을 거듭해온 교훈들을 모아놓은 것이다.

이것은 그의 일기와 마찬가지로 원래는 출판할 의도가 없이 후손에게 물려주려고 자신의 체험을 바탕으로 난세를 살아가는 데 필요한 처세의 지혜를 기록해 둔 것이다. 그러다가 유럽에서 최초로 출간된 것은, 그의 사후 300여 년이 지난 1857년이었다.

그 후 이 책은 발타사르 그라시안의 처세술《세상의 지혜》와 더불어서 세계적인 장기 베스트셀러의 자리를 차지하고 있었다. 마키아벨리와 마찬가지로 피렌체에서 태어난 그는 교황청 국가와 여러 도시국가들로 분열된 이탈리아가 스페인, 프랑스 등 강력한 외세의 빈번한 침략에 시달리고 지배를 받아온 비참한 상태를 목격했다. 그래서 그는 이탈리아가 통일되기를 간절히 바랐다.

마키아벨리가 강력한 군주를 중심으로 통일되기를 바란 것과는 달리, 그는 이상적인 귀족정치를 바탕으로 통일되기를 염원했었다. 그렇다고 해서 그가 공화국 체제의 장점을 외면한 것은 아니다. 다만 당시 상황에, 비추어 국가의 안전과 백성들의 평화로운 삶을 보장해 주기 위해서는 여러 당파들로 분열되어 충돌하기 쉬운 공화국보다는 단결이 한층 쉬운 귀족 중심의 체제를 선호한 것이라고 할 수 있다.

그는 1483년 3월 6일 피렌체의 저명한 귀족가문에서 태어났다. 그 당시 피렌체는 로렌초 데 메디치가 지배하고 있었다. 피렌체, 페라라, 파도바, 피사 등에서 법률을 전공한 후에 변호사로 활동하다가 28세 때(1511년) 피렌체 공화국으로부터 대사로 임명되어 스페인의 페르난도 국왕에게 파견되었다.

페르난도에 관해서는 사람마다 그 평가가 다르다. 스페인을 최초로 통일한 국왕이라고 많은 사람들이 칭송하는가 하면, 가혹한 압제자라는 이유로 몹시 싫어하는 사람도 적지 않았다. 마키아벨리는 그가 르네상스 시대의 군주로서 사람들의 반감을 사는 측면이 있다고 보았다. 그러나 귀치아르디니는 그를 샤를마뉴 황제와 같이 위대한 인물이라고 칭찬했다.

1513년에 피렌체는 다시금 메디치 가문의 지배 아래 들어갔다. 그래서 1514년에 그는 피렌체로 돌아갔는데 다음 해에는 피렌체의 최고 집행부(시뇨리아)의 위원이 되었다. 메디치 가문 출신의 교황 레오 10세는 1516년에 그를 모데나 총독으로 임명했고, 다음 해에는 레지오 에밀리아 총독도 겸직시켰다.

그 후 그는 1534년까지 거의 20년 동안 계속해서 교황청 국가의 고위관리로 활약했다. 1527년에는 교황의 군대를 지휘하는 사령관의 임무를 수행하기도 했다. 총독으로 활동하는 동안 그는 당시의 정치문제에 관한 메모와 논문을 많이 남겼는데 〈피렌체의 정치체제에 관한 대화〉에서는 베네치아식의 과두귀족정치 체제가 피렌체에 가장 이상적인 것이라고 주장했다.

역시 메디치 가문 출신인 교황 클레멘스 7세는 1524년에 그를 교황청 국가의 가장 북쪽 지방 로마냐의 총독으로 임명했다.

1526년 교황군대의 지휘관이 되어 황제 카를로스 5세의 군대와 맞섰지만 교황 군대가 패배하고 황제군대가 로마를 점령하고 말았다.

그 결과 피렌체에서 메디치 가문이 쫓겨나고 공화국이 다시 수립되었으며 귀치아르디니는 1529년에 교황청으로 피신했다. 피렌체 공화국의 실세들은 1530년 3월 그를 반역자로 선포했다. 한편 교황 클레멘스 7세는 다음 해에 그를 볼로냐 총독에 임명했다.

그러나 1534년에 바오로 3세가 교황이 되자 그는 총독 직책에서 물러나 피렌체로 돌아갔다. 그때부터 쓰기 시작한 《이탈리아 역사》는 1492부터 1534년에 걸친 기간을 다룬 가장 권위 있는 역사서로 인정받게 되었다. 그는 르네상스시대의 역사가 중에서 고대 그리스의 탁월한 역사가 투키디데스와 어깨를 나란히 할 만한 인물이었던 것이다.

그는 말년에 정치 일선에서 물러나 피렌체 근처에 위치한 별장에서 살면서 그의 최고 걸작인 《이탈리아 역사》의 집필에 온 힘을 기울였다. 그는 1540년 5월 21일 57세의 나이로 아르체트리에서 사망했다.

_ 편집자

1

권력 장악론

1

신앙이 있으면 놀라운 기적도 일으킬 수 있다고 독실한 신자들은 말한다. 성서에 기록된 대로 거대한 산마저 옮길 수 있다는 것이다. 그 이유는 간단하다.

신앙이 있으면 사람이 완고해지기 때문이다. 신앙이란 불합리한 것을 굳게 믿거나 거의 틀림이 없다고 단정하는 것이다. 또는 합리적인 것에 대해서도 상식이 허용하는 것 이상으로 더욱 굳게 믿는 것이다.

신앙이 있는 사람은 자기가 믿는 것을 완강하게 고집할 뿐만 아니라 어떠한 위험과 어려움도 우습게 여기고 죽음마저 각오한 채 단호한 태도로 자기 길을 걸어간다.

그런데 세상일이란 우연이나 매우 다양한 사건에 좌우되는 법이다. 그래서 완고하게 고집을 피우면서 자기 식대로 살아가는 사람들에게 언젠가는 뜻하지도 않았던 행운이 찾아오는 경우도 적지 않다. 그러한 고집은 신앙에서 나온 것이기 때문에 신앙이 놀라운 기적도 일으킨다고 말하는 것이다.

우리가 살고 있는 이 시대에 피렌체 사람들은 이러한 완고함의 좋은 예를 보여준다. 그들은 상식적으로 도저히 말도 안 되는 일을 했다. 교황과 황제의 군대에 대항해서 싸운 것이다. 그들은 다른 나라의 지원을 전혀 기대할 수도 없었고 내부적으로도 분열된 상태였으며 그 이외에도 수많은 어려움을 안고 있었다. 그런데도 그들은 오로지 성벽에 의존한 채 7개월이나 적과 싸웠다.

그들이 7일이나마 버틸 수 있을 것이라고 믿은 사람은 하나도 없었다. 그들이 패배하는 것은 뻔한 일이라고 모두 단정하고 있었던 것이다.

그런데 그들이 너무나도 완강하게 버티면서 적과 잘 싸웠기 때문에 그들이 승리를 거둔다 해도 아무도 놀라지 않을 지경이 되었다.

그들이 그토록 완강한 태도를 취할 수 있었던 것은 도미니크 수도회 수도자 사보나롤라가 그들이 결코 멸망하지 않을 것이라고 한 예언을 굳게 믿었기 때문이다.

2

어떤 군주들은 자기가 품고 있는 은밀한 의도뿐만 아니라 다른 나라와 협상하는 과정에서 달성하려고 하는 목표마저도 자신이 파견하는 대사에게 모조리 알려준다.

반면에 어떤 군주들은 상대방 군주가 알아내고 싶어하는 정보만 자기가 파견하는 대사에게 미리 알려주는 것이 더 유리하다고 본다. 왜냐하면 상대방 군주를 속이고 싶다면 먼저 자기가 파견하는 대사부터 속이는 것이 필요하다고 판단하기 때문이다.

대사란 상대방 군주와 협상하고 그를 설득하기 위해 파견되는 자신의 정보요원이자 도구인 것이다.

이 두 가지 태도는 각각 나름대로 일리가 있다. 우선 대사가 자기가 섬기는 군주의 의도가 상대방 군주를 속이는 데 있다는 것을 알고 있다고 치자. 만일 그가 협상이 속임수가 아니라 진지한 것이라고 믿는 경우에는 온화하면서도 단호하게 그리고 매우 효과적으로 말하고 행동을 취하겠지만, 그는 이미 그 협상이 속임수라는 것을 알고 있기 때문에 말이나 태도가 부자연스럽게 될 것이다.

군주의 진짜 속셈을 모르고 있는 대사라면 군주의 의도를 상대방에게 드러낼 수가 없는 법이다. 그러나 자신이 섬기는 군주의 속셈이 속임수를 쓰는 것임을 알고 있는 대사는 경솔함 때문에 또는 고의로 자기 군주의 의도를 폭로할 우려가 있다.

반면에 군주의 진짜 속셈을 모른 채 군주의 지시를 문자그대로 믿는 대사는 필요 이상으로 상대방에게 강경한 요구를 할 것이다. 그는 자기가 섬기는 군주가 특정 목적을 달성하고 싶어한다고 믿기 때문이다. 그러나 군주의 진짜속셈을 알았더라면 그는 좀더 융통성 있고 우회적인 수단을 사용할 것이다.

대사에게 예상 가능한 모든 경우에 대처할 수 있도록 상세하게 지시를 내리기란 현실적으로 불가능하다. 대사는 일반적으로 추구하는 목적을 달성하기 위해 자기 나름대로 판단해서 현명하게 대처할 수밖에 없는 것이다.

그런데 일반적으로 추구하는 그 목적을 대사가 완전히 파악하지 못하고 있다면 그는 그 목적을 추구할 수가 없을뿐만 아니라 번번이 실수할 확률이 높은 것이다.

그러므로 대사가 정직하고 현명한 인물인 데다가 군주에게 충성을 바칠 뿐만 아니라 재산이 넉넉하여 다른 사람의도움에 의지할 필요가 없는 경우라면, 군주는 그에게 자기진짜 속셈을 모두 알려주는 것이 좋다고 나는 생각한다.

그러나 대사가 위와 같은 조건을 갖춘 인물인지 여부가 의심스러운 경우라면, 군주는 자기 속셈을 그에게 알리지 않은 채 대사가 자신이 확신하는 정보를 가지고 상대방 군주를 설득하도록 내버려두는 것이 유리하다.

3

위대한 군주도 자격을 충분히 갖춘 신하들을 뽑아서 거느리는 경우가 매우 드물다는 사실을 역사적 사실이 말해 준다.

군주가 인물을 제대로 알아보는 안목이 부족하거나 아랫사람들에게 보수를 인색하게 주는 경우에는 그 밑에 훌륭한 인재들이 모여들지 않는다는 것은 당연한 일이다.

그러나 군주가 위에 예시한 두 가지 결점이 없는 경우라면 지위가 높거나 낮거나 누구나 그를 섬기기를 간절히 바라고 또한 그를 섬기면 푸짐한 보상을 받을 기회가 많은데 왜 그에게 훌륭한 인재들이 몰려들지 않는가 의문을 품는 사람들이 많다. 그러나 이 문제를 깊이 생각해 보면 조금도 이상한 현상이 아니다.

내가 말하는 군주의 신하란 중요한 직책을 담당하는 고위층을 의미한다. 그는 우선 남보다 뛰어난 재능을 갖추어야만 하는데 이런 인물은 희귀한 법이다. 더욱이 그는 충성심이 뛰어나고 그 누구보다도 더 정직한 인물이어야만 하는데 이런 경우는 더욱더 드물다.

충성심과 정직함 가운데 한 가지를 갖춘 인물을 발견하기도 어렵다면 두 가지를 겸비한 인물을 찾아내기란 얼마나 더 어렵겠는가!

날마다 발생하는 각종 업무를 자기 손으로 직접 처리하고 싶어하지 않는 현명한 군주는 그러한 번거로운 문제들을 미리 예상하고는 업무 처리가 아직 미숙한 사람들을 신하로 뽑아서 쓴다.

그리고 여러 가지 직책을 맡겨서 신하들을 시험하고 보상도 충분히 해주는 방식으로 그들을 훈련시켜서 전문가로 기르는 한편 자기에게 충성을 바치게 만든다.

완벽하게 자격을 갖춘 사람을 발견하기는 어려운 일이다. 그러나 시간이 걸린다 해도 미숙한 사람을 훈련시켜서 자격을 갖추도록 만들 수는 있기 때문이다.

인재를 찾아내려고 부지런히 애쓰는 속세의 군주가 교황의 경우보다도 이렇게 자격을 갖춘 신하들을 많이 거느리는 이유는 쉽게 이해가 가는 것이다.

속세의 군주는 일반적으로 교황보다 더 오래 통치하고

자기와 비슷한 후계자에게 권력을 넘겨주며, 사람들은 속세의 군주를 더 존경하고 그를 섬기는 기간이 더 오래 지속될 것이라는 기대를 품기 때문이다.

특히 군주의 후계자는 전임자가 오랫동안 부려왔거나 부리기 시작한 인물들을 쉽게 신뢰할 수 있기 때문이다. 게다가 군주의 신하들이란 그의 영토에 속하는 사람이거나 그 영토의 일부를 보상으로 받은 사람이기 때문에 그들은 군주와 그의 후계자를 존경하거나 두려워하지 않을 수가 없는 것이다.

그러나 이러한 원칙들은 교황의 경우에는 적용되지 않는다. 교황은 일반적으로 그리 오랫동안 교황의 자리에 있지 못한다. 그래서 새로운 인물들을 훈련할 시간이 그리 많지 않다. 게다가 새로운 교황은 자기 전임자가 뽑아서 거느리던 신하들을 신뢰하기 어렵다.

왜냐하면 교황이 다스리는 나라의 신하들은 교황의 통치권이 미치지 않는 다른 여러 나라 출신인 데다가 교황과 그의 후계자의 지배를 받지 않는 특권과 물질적 혜택으로 보상을 받고 있기 때문이다.

그들은 새로운 교황을 두려워하지도 않고 계속해서 그를 섬길 수 있다는 기대도 하지 않는다. 그래서 속세의 군주를 섬기는 경우보다 교황을 섬기는 경우에 헌신과 충성심이 한층 약해지는 것이다.

4

신하들이 군주에게 충성을 바치고 또 군주를 존경하는데도 불구하고 군주가 그들을 하찮게 여기고 경멸하거나 별다른 이유도 없이 제멋대로 무시해 버리는 경우, 그들이 그러한 군주에게 등을 돌리거나 자기들의 이익을 훨씬 더 잘 보장해 줄 다른 군주와 손을 잡는다고 해서 배신당한 군주가 화를 내거나 불평할 이유는 하나도 없지 않은가?

5

아랫사람들이 자기를 존경하거나 진심으로 감사하는 마음을 품고 있다면 윗사람은 기회 있을 때마다 그들에게 최대한의 보상을 해주어야 마땅할 것이다.

그러나 내가 거느리는 아랫사람들의 경우를 보거나 체험에 비추어 생각해 본다면, 아랫사람들이란 윗사람에게서 받을 만큼 보상을 받고 난 뒤에, 또는 윗사람이 예전처럼 후하게 보상할 능력이 없어지자마자 매정하게 그에게 등을 돌리고 떠나게 마련이다.

따라서 윗사람이 자기 이익을 최대한으로 확보하기 위해서는 그들을 한층 더 단단히 휘어잡아야 할 뿐만 아니라 그들에게 후하게 보상해 주려고 할 것이 아니라 항상 인색하게 굴어야만 한다.

그들이 보상을 받았기 때문에 자기에게 충성을 바칠 것이라고 기대해서는 안 된다. 오히려 그들이 보상을 기대하기 때문에 자기에게 충성을 바치도록 만들어야 한다.

이러한 목적을 효과적으로 달성하기 위해서 윗사람은 아랫사람들 가운데 한 명에게만 가끔 푸짐한 보상을 주어야 한다. 그것으로 충분하다.

왜냐하면 사람의 본성에 비추어 보면 두려움보다는 기

대감이 한층 더 강한 힘을 발휘하기 때문이다. 사람이란 많은 사람이 가혹한 처벌을 받는 것을 보고 두려워하는 것보다는 단 한 명이 푸짐한 보상을 받는 것을 보고 더욱 큰 자극을 받고 더 기뻐한다.

6

이 세상의 모든 경우에 대해서 예외나 차이를 인정하지 않은 채 단정적으로 말하고 교과서에 실린 고지식한 원칙대로 다루는 것은 중대한 잘못이다.

거의 모든 경우가 여건이 다르기 때문에 서로 다른 여건과 예외를 인정하지 않으면 안 된다. 한 가지 원칙이 모든 경우에 적용될 수는 없다. 그리고 모든 차이와 예외가 교과서에 기록될 수도 없다. 그런 것들은 지혜를 통해서 배울 수밖에 없는 것이다.

7

똑같은 말이라도 그 말을 되풀이하면 다른 사람들을 불쾌하게 만드는 것이 있다. 불가피한 경우를 제외하고는 결코 그러한 말을 하지 않도록 조심하라. 그런 말을 하고 나면 엉뚱한 방식으로 느닷없이 크게 손해를 보는 경우가 많다. 그러므로 극도로 조심하지 않으면 안 된다.

지혜로운 사람들마저도 이 점에 있어서는 잘못을 저지르지 않기가 매우 어려운 법이다. 그래서 그들도 때로는 실수를 하는 것이다. 이러한 실수를 피하기가 어려우면 어려울수록 실수를 피할 줄 아는 사람이 거두는 이익은 그만큼 더 큰 법이다.

8

내가 말하는 이 '처세술'을 자주 읽을 뿐만 아니라 이모저모로 깊이 생각해 보라. 나의 '처세술'은 알아듣고 이해하기는 쉽지만, 실제로 실천에 옮기기는 어렵기 때문이다.

그러나 나의 '처세술'을 자주 읽어서 항상 암기하고 있다면 실천하는 것은 한층 더 쉬워지게 마련이다.

9

마땅히 비판을 받아야 할 사람에 대해서 비판을 하는 경우가 있는가 하면 그를 경멸하기 때문에 그에 대해 험담을 하는 경우도 있다. 그러나 어떠한 경우든 오로지 비판의 대상이 되는 그 사람만 혼자서 모욕을 받게 만들도록 말을 조심하라.

그러니까 어떤 개인에게 모욕을 주려고 한다면 그의 조국이나 가족이나 친척들마저 비방해서는 안 된다. 한 사람에게 모욕을 주려고 하면서 많은 사람을 모욕하는 것은 이 만저만 어리석은 짓이 아니다.

10

타고난 재능을 너무 믿어서는 안 된다. 실제 경험의 뒷받침이 없다면 천부적 재능만으로는 일을 성취할 수 없다. 타고난 재능이 아무리 뛰어나다 해도 오로지 그 재능만으로는 달성할 수 없는 것을 경험이 달성하는 경우가 많다. 책임 있는 자리에 앉은 사람들은 모두 이러한 사실을 인정했다.

11

혜택과 도움을 받고도 배은망덕하는 사람들이 많다고 해서 남에게 좋은 일을 하지 않는 것은 어리석은 짓이다. 보답을 바라지 않은 채 좋은 일을 하는 것은 그 자체가 매우 자비로운 행위이고 어떻게 보면 신성한 행위라고도 할 수 있다.

더욱이 선행을 계속해서 하면 혜택을 받은 한 사람이 너무나도 고마움을 느낀 나머지 다른 사람들이 보답할 것마저도 혼자 다 보답하는 경우도 있게 마련이다.

12

모든 민족은 사용하는 언어가 서로 다르기는 하지만 내용이 동일하거나 거의 똑같은 격언들을 각각 가지고 있다.

그 이유는 이러한 격언들이 경험에서 나온 것이거나 사물에 대한 관찰의 결과 생겨난 것이기 때문이다. 이러한 체험이나 관찰의 결과란 어디서나 같거나 매우 비슷한 법이다.

13

다른 사람들과 마찬가지로 나도 명성과 이익을 추구했다. 그리고 기대 이상으로 더 많은 것을 얻은 경우가 많다. 그러나 나는 예상했던 만큼 충분한 만족감은 한 번도 느껴 보지 못했다.

왜 그런가 곰곰 음미해 본 결과, 그것이 인간에게 부질없는 탐욕을 줄이지 않으면 안 된다고 가르치는 강력한 교훈임을 발견했다.

14

이 세상에서 가장 귀한 것이 친구들이다. 그러므로 친구들을 사귈 수 있는 기회를 절대로 놓치지 마라.

사람들이란 의견을 교환하기 위해서 언제나 함께 어울리는 법이다. 그런데 당신이 전혀 예상하지 못한 장소에서 그리고 전혀 예상하지 못한 시기에 친구는 당신을 도울 수 있지만 원수는 당신을 해칠 수 있다.

15

독재자들이 무슨 생각을 하는지 알고 싶다면 코르넬리우스 타치투스가 저술한 〈로마사〉 가운데서 죽음을 앞둔 아우구스투스 황제가 후계자 티베리우스와 나눈 마지막 대화 부분을 읽어 보라.

16

대부분의 사람은 권력과 높은 지위를 손에 넣기를 원한다. 왜냐하면 권력과 높은 지위가 겉보기에는 멋지고 좋은 것으로만 보이기 때문이다.

그러나 그것을 얻으려고 할 때 얼마나 속이 썩고 힘이 들며 얼마나 많은 위기와 위험을 극복해야 하는지는 장막에 가려져서 보이지 않는다.

권력과 지위에 따르는 유리한 측면뿐만 아니라 불리한 측면도 다 같이 눈에 보인다면 그것을 추구해야 할 이유란 오로지 단 한 가지뿐이다.

그것은 명예와 존경과 숭배를 많이 받으면 받을수록 사람은 그만큼 신의 자리에 더욱 가까이 접근하고 또 신과 더욱 비슷한 존재가 되기 때문이다. 신과 비슷한 존재가 되기를 바라지 않는 사람이 어디 있겠는가!

17

평화롭고 조용한 생활을 사랑하기 때문에 권력과 지위를 자진해서 버렸다고 말하는 사람이 있다면 그 말을 절대로 믿지 마라.

사람은 경솔하거나 불가피한 경우가 아니면 권력과 지위를 결코 버리지 않는다. 이것의 예외란 참으로 찾아보기 힘들다.

일단 권력과 지위를 떠난 사람이라고 해도 다시 복귀할 기회만 주어진다면 그는 자기 입으로 그토록 사랑한다고 떠들던 평화롭고 조용한 생활을 버린 채, 불길이 석유 뿌린 마른 장작을 삼키듯 무서운 기세로 권력을 다시 쥐려고 달려들게 마련이다.

18

코르넬리우스 타치투스는 독재자들에게 자신의 독재권력을 확보하는 방법을 가르쳐 준다. 그는 또한 독재자의 지배를 받는 사람들에게도 지혜롭게 행동하면서 살아가는 방법을 가르쳐 준다.

19

음모란 여러 사람들이 모여서 도모하지 않으면 성립이 될 수 없는 것이다. 바로 그 이유 때문에 음모는 매우 위험한 짓이다. 왜냐하면 대부분의 사람은 어리석거나 사악한데 그런 사람들과 손을 잡고 하는 일에는 엄청난 위험이 따르기 때문이다.

20

음모를 꾸미기 위해 물샐 틈도 없이 완벽하게 준비하고 성공의 확신을 갖는 단계까지 이르기 위해 준비하려고 한다면 그보다 음모의 성공에 더 치명적인 것은 없다.

그러한 음모는 많은 사람과 충분한 시간 그리고 매우 유리한 여건이 항상 필요한 법이다. 그런데 그 조건들은 오히려 발각될 위험을 더욱 증가시킨다.

그러므로 음모가 얼마나 위험한 짓인지 깨달아라! 이러한 조건들이란 다른 사업의 경우에는 성공에 한층 더 도움을 주지만 음모의 경우에는 위험만 증가시킨다.

아마도 그 이유는 모든 일에서 주도적인 역할을 하는 운명의 여신이 자기 권한을 축소하려고 시도하는 사람들에 대해서 몹시 화를 내기 때문일 것이다.

21

메디치 가문이 1527년에 권력을 잃은 이유는 그들이 너무 많은 공화국의 제도들을 존중했기 때문이다. 그리고 피렌체 당국이 나라의 모든 분야를 너무 강력하게 장악하고 있기 때문에 시민들이 자유를 잃게 될 우려가 크다. 이두 가지 점에 관해 나는 기회 있을 때마다 의견을 말했고 또 글로 쓰기도 했다.

이러한 결론을 내린 근거는 다음과 같다. 메디치 정권은 모든 시민들의 미움을 받았다. 그래서 권력을 유지하기 위해서는 그 정권에게 충성을 바치는 무리의 전폭적인 지지가 필요했다.

그런 무리는 메디치 정권으로부터 막대한 이득을 얻으려고 할 뿐만 아니라 메디치 가문이 추방되면 자신들도 파멸하며 피렌체에서 계속 거주할 수도 없다는 점을 잘 알고 있는 사람들이다.

그런데 이러한 지지자들을 긁어모으기란 너무나도 어려웠던 것이다! 왜냐하면 메디치 가문은 자신들이 모든 사람을 누구나 공정하게 대우하고 친구들이나 친척들에게 특혜를 전혀 베풀지 않는 듯이 보이려고 무척 애를 썼지만, 높은 지위든 낮은 지위든 자기 편에게만 마구 나누어주는 버릇이 있었기 때문이다.

메디치 가문이 그런 짓을 하지 않았더라면 칭송을 받을 자격이 충분했을 것이다. 그러나 그들이 관직을 마구 나누어주었다 해도 지지자들을 그리 많이 확보할 수는 없었다. 메디치 가문의 조치에 대해 대부분의 시민들이 만족했다고 해도 그 시민들은 진심으로 메디치 가문을 따르지는 않았던 것이다.

공화국의 통치위원회를 다시 수립하려는 열망이 시민들의 가슴속에서 너무나도 뜨겁게 불타고 있었기 때문에 메디치 가문이 아무리 시민들에게 친절하고 온화하며 특혜를 많이 베풀었어도 시민들의 열망을 식혀버릴 수는 없었던 것이다.

메디치 가문의 동조자들은 메디치 가문을 좋아했지만 메디치를 위해 위험을 무릅쓰려는 생각은 조금도 하지 않았다. 그래서 그들은 1494년에 메디치 가문이 추방될 때와 마찬가지로 위기가 닥치면 적절히 처신하여 자기 자신을 보존하려고 했다.

결국 그들은 메디치 가문에 대한 공격에 대항하려고 하기보다는 사태가 어떤 식으로 전개되든 내버려두기만 했던 것이다.

공화국 정부라면 메디치 정권에게 유리한 방식과는 전혀 반대되는 조치를 취하지 않으면 안 된다. 피렌체 시민들은 일반적으로 공화국 정부를 더 좋아한다. 공화국 정부는 어떤 특정 목적을 위해서 단일한 지도자나 몇몇 지도자들이 이끄는 체제가 아니다.

그것은 통치자의 숫자가 너무나도 적고 또 그들이 무지하기 때문에 날마다 정책이 변하는 그런 체제이다. 따라서 공화국 정부란 정권을 계속해서 유지하기 위해서는 백성들의 지지를 확보하지 않으면 안 되는 것이다.

또한 공화국 정부는 시민들 사이의 대립이나 충돌에 휘말려 들어가서는 안 된다. 그래야만 최후의 수단인 통치체제의 변경을 시민들이 시도하지 못하도록 예방할 수 있는 것이다.

한 마디로 공화국 정부는 정의와 평등을 실천하지 않으면 안 된다. 정의와 평등이 실천되면 모든 사람의 안전이 확보될 뿐만 아니라 누구나 만족하게 마련이다.

더욱이 정의와 평등의 실천은 공화국 정부의 정권을 유지하는 바탕을 마련해 준다. 공화국 정부란 특정의 소수 집단을 싸고돌 수도 없지만, 그런 집단이 아니라 많은 지지자들의 도움으로 정권을 유지할 수 있는 것이다.

공화국 정부는 국가의 모든 분야를 철저하게 장악한다는 것이 불가능하다. 그렇게 장악한다면 공화국 정부가 이미 다른 형태의 통치 조직으로 변모한 셈이 되기 때문이다. 그런 독재 조직은 시민들의 자유를 보장해 주는 것이 아니라 오히려 박탈하고 만다.

22

이런 일을 했더라면 저런 일이 일어났을 것이라든가, 이런 일을 하지 않았더라면 저런 일도 일어나지 않았을 것이라는 말을 얼마나 자주 듣는가!

그런데 그런 말을 시험해 볼 수만 있다면 우리는 그런 말이 얼마나 새빨간 거짓말인지 깨닫게 될 것이다.

23

미래의 일이란 너무나도 불확실할 뿐만 아니라 수많은 우연한 여건에 좌우되는 것이기 때문에 세상에서 가장 지혜롭다는 사람들마저도 미래를 예측할 때 틀리는 경우가 매우 흔하다. 더욱이 전반적인 결과에 대한 예측은 쉬울지 몰라도 세부사항에 대한 예측은 더욱 어려운 법이다.

사람들의 예측을 자세히 검토해 보면 지혜로운 사람의 예측이든 그보다 못한 사람의 예측이든 그다지 차이가 없다. 따라서 미래에 닥칠지도 모르는 불행이 두려워서 현재 누릴 수 있는 행복을 포기한다는 것은 대부분의 경우에 미친 짓이다.

물론 미래의 불행이 틀림없이 닥칠 확률이 높거나 당장 닥치게 되어 있거나 아니면 현재의 행복에 비해서 그 불행이 너무나도 엄청난 것인 경우에는 현재의 행복을 포기해도 된다.

그렇지 않은 경우인데도 불구하고 공연히 두려움에 휩싸여 있다가는 모처럼 손에 넣을 수도 있었던 이익이나 행복을 놓치고 말 것이다.

24

남에게서 받은 혜택은 다른 그 무엇보다도 더 쉽게 잊어버리게 마련이다. 따라서 당신이 과거에 혜택을 베풀어 주었던 사람들에게 의존하려고 하지 말고, 오히려 어쩔 수 없는 여건 때문에 당신을 결코 배신하지 못하는 사람들에게 의존하라.

왜냐하면 당신에게서 혜택을 받은 사람들은 그 혜택을 잊어버리거나, 실제로 많은 혜택을 받았으면서도 받은 혜택이 별로 대단하지 않았다고 여기거나, 심지어는 당신이 어쩔 수 없이 혜택을 베풀지 않을 수 없어서 베푼 것이라는 주장마저도 할 것이기 때문이다.

25

다른 사람들의 원한을 사면서까지 특정인이나 특정 그룹에게 혜택을 베푸는 일은 없도록 조심하라. 혜택에서 제외된 사람들은 그 사실을 결코 잊지 않을 뿐만 아니라 자기가 입은 손해를 크게 과장해서 떠벌리고 다니게 마련이다.

반면에 혜택을 받은 쪽은 그 혜택을 잊어버리거나 과소평가할 것이다. 그래서 특별한 사정이 없는 한 당신은 얻는 것보다는 잃는 것이 훨씬 더 많아질 것이다.

26

사람이란 누구나 상대방의 겉모습보다는 그 속셈에 더 많은 주의를 기울이지 않으면 안 된다. 그런데도 사람들이 친절하고 달콤한 말에 얼마나 쉽게 속아넘어가는지를 보면 도저히 믿어지지 않을 정도이다.

그렇게 쉽게 속아넘어가는 이유는 누구나 자신이 다른 사람들로부터 크게 존경을 받을 자격이 있다고 자부하기 때문이다.

그래서 자신이 기대하는 만큼 다른 사람들이 자기를 존경해 주지 않는다고 여기게 되면 화를 내는 것이다.

27

의심스러운 상대방을 대하는 경우에 당신의 안전과 이익을 최대한으로 가장 확실하게 확보하는 방법은 그가 당신을 해치려는 마음이 있다고 해도 도저히 해칠 수가 없도록 조치를 미리 취하는 것이다.

선의를 품고 신의를 지키는 사람이란 매우 드물다. 따라서 다른 사람의 선의와 호의에 의지해서 자신의 안전과 이익을 도모하려는 것은 아무 쓸모도 없는 짓이다.

28

성직자의 야심과 탐욕과 쾌락 추구를 나보다 더 미워하는 사람은 이 세상에 없을 것이다. 이 세 가지의 악덕은 그 하나 하나가 모두 혐오스러운 것일 뿐만 아니라, 신에게 일생을 바치겠다고 선언하고 살아가는 사람에게는 절대로 부합하지 않는 것이기 때문이다.

게다가 이 세 가지의 악덕은 너무나도 서로 상충되는 것이어서 매우 특이한 경우가 아닌 한, 동일한 사람 안에서 함께 공존할 수가 없는 것들이다.

그럼에도 불구하고 나는 여러 명의 교황 밑에서 일을 했는데 내가 맡은 직책 때문에 나는 교황청의 이익을 증진시키려고 노력했고 그 결과 나 자신의 이익을 도모했다. 그런 위치에 있지 않았더라면 나는 마르틴 루터를 나 자신처럼 사랑했을지도 모른다.

그것은 내가 일반적으로 사람들이 이해하고 받아들이는 그리스도교에 기초를 둔 법률의 굴레에서 벗어나고 싶었기 때문은 아니다. 오히려 저 타락한 고위 성직자들의 무리가 그들에게 부합하는 처지에 놓이게 되기를 나는 바랐던 것이다.

다시 말하면 그들이 위 세 가지 악덕을 버리거나 아니면 종교 지도자의 권위를 잃거나 하는 것을 나는 보고 싶었던 것이다.

<h1 style="text-align:center">29</h1>

베네치아 사람들이 넓은 영토를 얻는 것보다는 피렌체 사람들이 작은 영토를 획득하기가 더 어렵다고 나는 자주 이야기했는데 내 말은 현실을 있는 그대로 지적한 것이다.

왜냐하면 피렌체 사람들은 많은 자유를 누리는 지역에서 살고 있는데 그런 자유는 박탈하기가 매우 어렵기 때문이다.

피렌체 주위의 지역은 정복하기도 어렵지만 정복한 뒤에 통치하기란 더욱더 어렵다. 게다가 피렌체는 교황청과 너무 가까이 위치해 있는데 교황청의 권력은 너무나도 강력하고 또 영속적인 것이다.

교황청은 그 권력이 때로는 흔들리기도 하지만 결국에 가서는 과거보다 한층 더 강하게 자기 권력을 확립하고 만다.

반면에 베네치아 사람들은 자기방어에 악착스럽게 집착하거나 반란을 자주 일으키는 법이 없이 복종하는 데만 익숙해진 지역을 정복했다. 그리고 그 주위에는 세속적인 군주들이 포진하고 있는데 그들의 일생은 짧고 사람들은 그들을 그리 오래 기억해 주지도 않는다.

30

세상만사를 자세히 살펴본다면 우리는 운명이 매사에 휘두르는 엄청난 힘을 부정할 수가 없다. 사회현상이란 인간이 예측하거나 피할 수가 없는 우연한 여건들에 항상 좌우되고 있다.

지혜롭게 처신하고 대단한 주의를 기울이면 많은 일을 성취할 수도 있기는 하지만 그렇다고 해서 지혜와 주의만 가지고는 충분한 것이 아니다. 사람에게는 행운도 역시 항상 필요한 것이다.

31

모든 성공이 지혜와 덕성과 능력에 좌우된다고 믿고 운명의 힘을 최대한으로 과소평가해도 좋다. 그러나 당신의 뛰어난 덕성과 능력을 높이 평가해 주는 시대에 태어나거나 그런 시대에 생존해 있다는 것이 대단히 중요하다는 사실만은 적어도 인정하지 않으면 안 될 것이다.

로마공화국의 명장 파비우스 막시무스의 경우를 보자. 그는 매사에 주저하는 천성을 타고난 것으로 널리 알려진 인물이었다. 그는 성급한 행동이 파멸을 초래하는 반면 지연작전이 매우 효과적인 전쟁을 치르게 되었다.

다른 시대에 태어났다면 과감하고 신속한 행동이 더욱 효과적일 수 있었을지도 모른다. 그가 살아간 시대는 그의 자질이 필요했고 바로 그 점이 그에게는 행운이었다.

시대의 요구에 따라 자기 성질을 수정할 수 있는 사람이 있다면 그는 운명의 지배를 그만큼 덜 받을지도 모른다. 그러나 이렇게 자기 성질을 수정한다는 것은 대단히 어렵고 어쩌면 불가능한 일이기도 하다.

32

　명예롭고 정직한 수단을 통해서 영광을 추구하는 한, 야심은 비난받을 성질도 아니고 야심에 찬 사람도 비난의 대상이 되지 않는다.

　사실 위대한 업적이나 탁월한 성공을 거둔 것은 야심가들이다. 야심이 없으면 사람들은 활력을 잃을 뿐만 아니라 왕성한 활동보다는 게으른 생활에 빠져들기가 더 쉽기 때문이다.

　그러나 야심의 유일한 목적이 권력을 잡거나 유지하는 데 있다면 그런 야심은 사악하고 가증스러운 것이다. 일반적으로 군주들의 야심이란 오로지 권력을 추구하는 것이다. 그러한 군주는 권력을 획득하기 위해 양심, 명예, 인간성, 기타 모든 것을 저버릴 것이다.

33

불의하게 모은 재산은 결코 삼대까지 이어지지 않는다는 속담이 있다.

그런 재산이 더러운 것이기 때문에 삼대까지 이어지지 못한다는 것이 사실이라면 적어도 그 재산을 모은 사람 자신만은 그 재산을 즐겨야 마땅하다고 보인다.

그가 자기 재산을 즐겨야 마땅한 이유에 관해서 언젠가 나는 아버지로부터 이런 말을 들었다. 아무리 사악한 인간이라도 좋은 일을 약간은 하게 마련이라고 성 아우구스티누스는 말했다.

선행은 반드시 갚아 주시고 악행은 반드시 처벌하시는 하느님께서는 불의하게 재산을 모은 사람에게 그의 몇 가지 선행에 대한 보답으로 그 재산을 현세에서 즐기게 하고 그의 악행에 대해서는 내세에서 철저하게 처벌할 것이다. 그러나 사악한 방법으로 재산을 모은 행위는 처벌을 받아야 하기 때문에 그 재산은 삼대까지 상속될 수가 없는 것이다.

나는 그런 속담이 옳은지 여부를 모르겠다고 대꾸했다. 우리 체험에 비추어 보면 그렇지 않은 경우가 많기 때문이었다. 그러나 만일 그 속담이 옳다면 거기에는 다른 이유

가 있을 것이다.

사람의 운이란 수시로 변하는 것이기 때문에 부자가 가난뱅이가 되는 경우가 많다. 부유한 가문을 일으킨 창업자 자신보다는 그의 상속자들이 몰락하는 경우가 더 많다.

왜냐하면 세월이 흐를수록 행운이 불운으로 더 쉽게 바뀌기 때문이다. 더욱이 막대한 재산을 모든 사람은 그 재산에 한층 더 집착하게 마련이다.

그는 재산을 모으는 방법을 알고 있기 때문에 그것을 잃지 않고 잘 보존하는 방법도 알고 있다. 그리고 검소하게 사는 습관이 몸에 붙어 있기 때문에 그는 재산을 함부로 탕진하지 않는다.

그러나 상속자들은 아무런 노력도 하지 않은 채 물려받은 재산에 대해서 자기 아버지처럼 집착하지 않는다. 그들은 부유한 여건에서 자랐고 재산을 모으는 방법을 배우지 못했다. 그들이 그런 재산을 공연히 낭비하거나 무분별하게 탕진한다고 해서 어느 누가 이상하게 여길 것인가?

34

어떠한 것이든 한꺼번에 전부 사라지지 않고 조금씩 줄어들다가 모두 없어지게 되는 것은 처음에 예상한 것보다 훨씬 더 오래 지속되게 마련이다.

결핵환자의 경우를 보면 잘 알 수 있다. 최후를 맞이할 것이라고 판정을 받은 환자가 하루 이틀도 아니고 몇 달씩이나 더 오래 사는 것이다.

이와 마찬가지로 적군에게 포위되어 함락의 위험에 직면한 도시에서도 모든 사람이 예상한 것보다 훨씬 더 오랫동안 식량이 떨어지지 않는 것이다.

35

이론과 실천은 하늘과 땅 사이처럼 너무나도 다른 것이다. 수많은 사람이 이론은 잘 이해하지만 실제로 실천에 옮기는 방법을 알지도 못하고 또 그 방법을 기억하지도 못한다. 그런 사람들의 지식이란 아무 쓸모가 없다.

그것은 궤짝에 보물을 잔뜩 넣어 두고도 보물을 한 번도 꺼낼 수가 없는 것과 같다.

36

다른 사람들의 호의를 얻기 원한다면, 다른 사람이 도움을 요청할 때 한 마디로 거절하는 일이 절대로 없도록 조심하라.

대놓고 거절하기보다는 오히려 말을 돌려서 대꾸하라. 왜냐하면 도움을 요청한 그 사람이 나중에는 그 도움이 필요하지 않을 수도 있기 때문이다.

아니면 사정이 바뀌어서 당신이 완곡하게 돌려서 한 말이 상대방에게는 그럴듯하게 들릴지도 모르는 것이다. 더욱이 사람이란 대개 어리석어서 남의 말에 쉽게 넘어간다.

당신은 할 수가 없거나 하기 싫은 일을 해주지 않은 채 교묘한 대답으로 상대방에게 만족감을 줄 수 있는 경우가 많다. 반면에 대놓고 거절하면 나중에 결과가 어떻게 나오든 상관없이 그는 당신을 싫어할 것이다.

37

남들에게 알리기 싫은 일에 대해서는 언제나 부인하라. 반면에 남들이 믿어 주기를 원하는 일에 대해서는 언제나 시인하라. 당신의 말에 반대되는 증거가 많고 심지어 결정적인 증거가 있다고 해도, 당신의 강력한 시인 또는 부인은 적어도 듣는 사람들이 어느 쪽이 옳은지 의심하도록 만드는 경우가 많기 때문이다.

38

메디치 가문이 아무리 강력하고 교황을 두 명이나 배출했다 해도 일개 시민인 코시모 데 메디치가 피렌체를 장악하는 것보다는 메디치 가문이 피렌체를 계속해서 통치하는 것이 훨씬 더 어려운 일이다.

코시모는 능력이 탁월하기도 했지만 시대의 상황이 그를 크게 지원했던 것이다. 극소수의 지지자를 거느렸지만 그는 피렌체 정부를 장악하고 권력을 유지할 수 있었고, 자유를 모르는 수많은 사람들의 비위도 건드리지 않았다.

사실 그가 지배하던 시절에는 강력한 귀족들이 서로 싸우고 혁명이 일어날 때마다 중류층과 최하층의 시민들은 생활형편이 더 나아졌던 것이다.

그러나 시민들이 피렌체를 다스리는 최고집행위원회 시절을 맞이한 이후부터는 권력의 장악 또는 찬탈은 네 명, 여섯 명, 열 명, 스무 명의 시민이 아니라 모든 시민의 손에서 그 권력을 빼앗아야만 이루어지는 것이 되었다. 그런데 시민들은 자유를 끔찍이 사랑하게 되어서 그들이 자유를 잊어버리게 만들기란 불가능한 일이었다.

메디치 가문뿐만 아니라 다른 어떠한 군주들이 아무리 자비를 베풀고 훌륭한 정부를 세우며 지위와 훈장을 나누어준다고 해도 시민들이 자유를 포기하게 만들 수는 없는 노릇이었다.

39

우리 아버지는 매우 우수한 자녀들을 두고 있었기 때문에 사람들은 그를 피렌체에서 가장 행복한 사나이라고 불렀다. 그럼에도 불구하고 아버지의 경우를 곰곰 생각해 볼 때 나는 우리가 아버지에게 위로가 되기는커녕 언제나 골치 아픈 존재였다고 자주 가책을 느꼈다.

그러니 제멋대로 굴거나 사악한 짓을 일삼거나 불행을 자초하는 자녀를 둔 아버지는 얼마나 불행할지 잠시도 잊지 마라.

40

사람들을 다스리는 권한을 가지고 있다는 것은 정말 대단한 일이다. 그 권한을 당신이 제대로 잘 사용한다면 사람들은 당신의 실제 권한보다 훨씬 더 큰 두려움을 당신에게 느낄 것이다.

당신의 권한이 어디까지 미치는지를 모르기 때문에 그들은 당신이 말로 위협하는 것을 실제로 실행에 옮길지 여부를 시험해 보려고 하기보다는 당신의 명령에 재빨리 복종하는 쪽을 택할 것이다.

41

사람들이 모두 현명하고 선하다면 백성을 다스리는 권한을 가진 사람은 그들을 가혹하게 다스릴 것이 아니라 부드럽게 다스리는 것이 마땅할 것이다. 그러나 대부분의 사람들은 몹시 선하지도 않고 또 매우 현명하지도 못하다.

따라서 다스리는 사람은 온건한 수단보다는 가혹한 수단에 더욱 의지해서 그들을 휘어잡아야만 한다. 온건한 수단에 의지하려는 사람은 실패하게 마련이다.

물론 이 두 가지 수단을 능숙하게 잘 혼합해서 사용할 줄 아는 사람이 있다면 그는 가장 멋진 단결과 조화를 이룰 수도 있을 것이다. 그러나 이러한 능력을 타고난 인물은 극히 드물다. 어쩌면 단 한 명도 없을지 모른다.

42

각종 관직을 거치면서 내가 관찰한 바에 따르면, 대립하는 두 진영 사이에서 평화조약이나 화해 따위를 성취하려고 할 때는 내가 직접 개입하기 전에 그들이 오랫동안 철저히 논쟁을 하도록 내버려두는 것이 가장 좋은 방법이었다. 논쟁에 지친 양쪽 진영이 결국은 내게 중재를 해달라고 간청하고는 했던 것이다.

이런 식으로 나는 명성을 유지하고 나 자신의 욕심을 조금도 드러내지 않은 채 그들의 초청에 따라 일을 마무리할 수 있었다. 처음에는 불가능하게 보이던 일마저도 쉽게 해결이 가능했던 것이다.

43

윗사람의 총애를 받으려고 애쓰기보다는 기존의 명성을 유지하는 데 더욱 노력하는 것이 낫다. 명성을 잃게 되면 다른 사람들의 호의도 잃고 멸시를 당하게 마련이다. 그러나 명성을 유지하는 사람은 친구와 총애와 호의를 결코 잃지 않을 것이다.

44

남들 눈에 선량한 인물로 보인다는 것은 가장 효과적인 수단이 될 수 있다. 따라서 그렇게 보이도록 하기 위해서는 당신의 손이 미치는 방법을 모조리 동원하라.

그러나 근거 없는 여론은 오래가지 못하기 마련이기 때문에, 만일 당신이 실제로 선량하지 않다면 남들 눈에 오랫동안 선량하게 비치기란 어려울 것이다. 이것은 우리 아버지가 언젠가 가르쳐 준 교훈이다.

45

이미 써버린 금화 열 냥보다는 주머니에 남아 있는 금화 한 냥이 더 소중하다. 이것도 우리 아버지가 절약의 미덕을 칭찬할 때 가르쳐 준 교훈이다.

46

관직에 있을 때 나는 잔인한 형벌이나 도에 지나친 처벌을 한 번도 좋아하지 않았다. 그런 것들은 필요하지도 않다. 본보기를 보여줄 필요가 있는 경우들을 제외한다면, 범죄에 따라 정해진 형벌의 4분의 3 정도만 집행해도 법에 대한 두려움을 충분히 유지할 수 있다.

물론 이것은 모든 범죄는 반드시 처벌된다는 원칙이 먼저 확립되어 있을 때 통하는 말이다.

47

지능이 모자라는 사람에게 공부하라고 강요하면 그는 지식이 늘지도 않을 뿐만 아니라 자포자기에 빠지게 될 위험이 크다.

반면에 재능이 뛰어난 사람이 학문에 정진하면 그는 완전한 인간이 될 뿐만 아니라 거의 신성한 인격마저 갖추게 된다.

48

정치권력이란 양심의 소리에 따라 행사될 수가 없는 것이다. 권력은 원래 폭력에서 나오는 것이다. 물론 공화국의 경우 공화국 자체 안에서는 권력이 폭력에서 나오지는 않지만 다른 나라를 정복한 경우에는 폭력에서 권력이 나온다.

이 원칙은 황제에 대해서도 똑같이 적용된다. 이 원칙은 성직자들에 대해서도 마찬가지로 적용되는데 그들의 폭력은 두 배나 심한 것이다. 왜냐하면 그들은 속세의 무기와 정신적인 무기로 우리를 공격하기 때문이다.

49

비밀로 묻어두고 싶은 것이 있다면 절대로 다른 사람에게 그것을 알리지 마라. 사람이란 수많은 이유 때문에 비밀을 떠벌리고 싶어하기 때문이다.

어떤 사람은 어리석음 때문에, 어떤 사람은 이익을 얻기 위해서, 또 어떤 사람은 아는 것이 많다고 자랑하려는 허영심 때문에 비밀을 누설한다.

당신이 다른 사람에게 비밀을 쓸데없이 알려준 경우라면 그도 역시 제삼자에게 그 비밀을 누설한다고 해서 놀랄 일도 아니다. 그 비밀의 누설이 당신에게는 매우 중대한 일일지 몰라도 그에게는 대수롭지 않은 것이기 때문이다.

50

당신이 품은 불만의 원인을 해소시키는 것이 아니라 단순히 권력자의 얼굴만 교체하는 혁명에 시간을 낭비하지는 마라. 새로운 권력자가 등장해도 당신은 여전히 불만을 품을 것이기 때문이다.

예를 들면 메디치 가문의 조반니 다 포피를 내쫓고 베르나르디노 다 산 미니아토가 그 자리를 차지하게 만든다고 해서 사람들이 무슨 이득을 보겠는가? 그들은 모두 능력이나 자질이 똑같은 인물이 아닌가?

51

불가피한 경우 또는 스스로 새로운 정부의 최고권력자가 되려는 경우가 아니라면 피렌체에서 정부를 뒤엎으려고 음모하는 사람은 매우 어리석다. 음모가 실패하는 경우에는 자신의 목숨과 재산이 위험해지기 때문이다.

음모가 성공한다고 해도 그는 자기가 바라던 것의 일부만 얻을 뿐이다. 얻는 것보다 잃는 것이 훨씬 더 많은 게임을 하는 것처럼 어리석은 짓은 없다.

음모에는 한층 더 심각한 위험이 따른다. 그것은 음모가 일단 성공한다고 해도 끊임없이 고민에 시달린다는 것이다. 즉, 정부를 뒤엎으려는 새로운 음모에 대해 언제나 걱정하게 마련인 것이다.

52

다른 사람이 권력을 잡도록 도와준 사람들은 시간이 흐름에 따라 거의 모두가 자기가 바친 노력에 비해 매우 적은 보상을 받는다는 사실을 우리는 체험을 통해서 안다.

그 이유는 군주는 자기를 도와준 사람의 능력을 잘 알고, 그래서 그가 언제가는 자기 공적에 상응하는 보상을 받으려고 시도할 것이라고 우려하기 때문이다.

또 다른 이유는 그가 자기 공적을 과대 평가해서 실제로 그의 공적에 적합한 보상보다 더 많은 것을 받기를 원하기 때문이다. 자기가 기대하던 보상을 받지 못하게 되면 그는 불만을 품고, 그 결과 그와 군주 사이에는 원한과 의혹이 도사리게 된다.

53

내가 군주가 되는 데 당신이 결정적인 역할을 하거나 많은 도움을 주었다고 치자. 그런데 당신은 당신이 하는 말에 따라서 내가 통치하기를 바라거나 나의 권위를 감소시키는 것을 나에게 양보해 달라고 요구한다면, 그때마다 당신은 과거에 나를 위해서 베풀어 주었던 좋은 일을 스스로 무효로 만들고 만다.

왜냐하면 당신은 내가 군주가 되는 데 기여했지만, 내가 얻은 것의 일부 또는 전부를 빼앗아 가려고 하기 때문이다.

54

어느 지역의 방어를 책임진 사람은 버틸 수 있을 만큼 최대한으로 오랫동안 버티는 것을 자신의 가장 중요한 목표로 삼아야만 한다.

왜냐하면 속담에도 있듯이 시간을 벌면 목숨도 구하기 때문이다. 처음에는 모르거나 기대할 수도 없었던 좋은 기회가 시간을 끌고 나면 무수히 닥치게 마련이다.

55

비용의 지출은 불가피한 경우가 많다. 그러니까 현명한 경영이란 지출을 피하는 것이 아니라 돈을 잘 쓰는 방법을 아는 데 있다. 그러니까 2백 원을 벌고 1백 원을 지출하는 것이 현명한 것이다.

56

앞으로 얻을 이익을 믿고 지금 돈을 쓰지는 마라. 그런 이익이란 얻게 되는 경우가 거의 없고, 얻는다 해도 기대한 것보다는 훨씬 적은 법이다. 반면에 들어가는 비용이란 항상 증가한다.

이러한 계산 착오 때문에 수많은 사업가들이 파산한다. 그들은 더 많은 이익을 얻기 위해서 필요한 현금을 마련하려고 어음을 발행한다.

그러나 이익이 실제로 발생하지 않거나 이익을 얻기까지 시간이 많이 걸리게 되면 어음을 지나치게 많이 발행하는 위험에 직면한다. 그런 어음이란 결제되거나 액수가 줄어들기는커녕 항상 새로 발행한 어음으로 막지 않으면 안 되는 것이다.

57

점성술사들은 일반인들보다 얼마나 큰 행운을 누리는 가! 1백 가지 거짓말을 하다가 겨우 한 가지 진실을 말해주면서도 그들은 사람들의 신임을 얻고 사람들은 그들의 거짓말을 믿는 것이다.

다른 사람들은 수많은 진실을 말하다가도 한 가지의 거짓말만 해도 사람들의 신망을 잃고, 그들이 진실을 말할 때조차 사람들은 믿어주지 않는다. 이것은 사람들의 호기심 때문에 그런 것이다.

앞날의 일을 알고 싶지만 그것을 알 길이 없기 때문에 사람들은 미래를 알려준다고 주장하는 사람이 있으면 그에게 무조건 달려가는 것이다.

58

"미래에 일어날 일은 아무것도 미리 결정된 것이 없다."고 어느 철학자가 말했다. 얼마나 지혜로운 말인가! 미래에 관해서 알아보고 싶다면 얼마든지 알아보라. 알아보면 볼수록 이 철학자의 말이 절대적으로 옳다는 것을 더욱 절실히 깨달을 것이다.

59

메디치 가문 출신인 교황 클레멘스 7세는 아주 사소한 위험에 대해서도 잔뜩 겁을 집어먹는 습관이 있었다. 나는 그에게 그런 근거 없는 공포에서 벗어나는 가장 좋은 방법은 비슷한 여건에서 그가 얼마나 자주 쓸데없이 공포심에 휩싸였는지 회상해 보는 것이라고 충고했다.

나는 사람들에게 두려움을 절대로 품지 말라는 뜻에서 이런 충고를 하는 것이 아니다. 다만 언제나 공포에 질려 있지는 말라고 하는 말이다.

60

사람마다 기질이 서로 다르다. 어떤 사람은 지나치게 많은 기대를 품는 습관이 있어서 아직 자기 손에 들어오지 않은 것마저도 자기 것으로 생각한다.

반면에 어떤 사람들은 매사에 지나치게 걱정이 많아서 현재 자기가 가지고 있는 것조차 정말 자기 것인지 의심한다.

나의 기질은 전자보다는 후자에 더 가깝다. 그런데 나와 같은 기질을 가진 사람은 남에게 그리 쉽게 속지는 않지만 다른 사람보다 더 큰 번민 속에서 살아간다.

61

남보다 탁월한 재능이란 그것을 타고난 사람을 불행과 번민에 빠뜨릴 뿐이다. 왜냐하면 그는 재능이 자기보다 못한 사람의 경우보다 한층 더 심한 갈등과 고뇌를 겪기 때문이다.

62

사람이란 대부분이 손실의 위험보다 이득에 대한 기대감 때문에 더 쉽게 마음이 움직인다. 경험이 없는 사람들은 언제나 그렇다. 그런데 사실은 그 반대의 경우가 옳다.

왜냐하면 이득을 얻으려는 마음보다는 현재 가지고 있는 것을 유지하려는 마음이 인간 본성에 더 자연스럽기 때문이다. 사람들이 일반적으로 잘못을 저지르는 이유는 기대감이 두려움보다 더 강력하기 때문이다.

사람들은 두려움을 쉽게 억제한다. 심지어는 두려워해야 마땅한 경우에도 그 두려움을 억제하는 것이다. 그러나 기대를 전혀 걸 수가 없는 상황에서도 사람들은 기대감을 품게 마련이다.

63

늙은이들이 젊은이들보다 더 탐욕스럽게 구는 것을 자주 본다. 그런데 사실은 젊은이들이 더 탐욕스러워야 마땅하다. 왜냐하면 여생이 얼마 남지 않은 늙은이들에게는 필요한 것이 그만큼 더 적기 때문이다.

늙은이들이 더 탐욕스러운 것은 그들이 한층 더 겁이 많기 때문이라는 말이 있다. 그러나 나는 이런 말을 믿지 않는다.

왜냐하면 많은 늙은이들이 젊은이들보다 한층 더 잔인하고 음탕하며 죽음을 더욱 두려워하는 것을 내가 보았기 때문이다. 젊은이들보다 더 음탕하다는 것은 그들의 행동이 아니라 생각이 그렇다는 것이다.

늙은이들이 더욱 탐욕적인 이유에 대해서 내가 보는 관점은 사람이란 오래 살면 살수록 이 세상의 사물에 대해 한층 더 익숙해지고 또 더욱 좋아하게 된다는 것이다.

따라서 늙은이들은 이 세상의 사물에 대해 더욱 애착을 가지는 한편, 더 많은 것을 가지려는 탐욕에 더욱 쉽게 휩쓸리는 것이다.

1494년 이전까지는 전쟁이 매우 오래 계속되고 전투를 해도 비교적 피를 흘리지 않았으며 정복의 방법은 진전이 느리고 실행하기 어려운 것이었다.

대포가 이미 사용되었다고 해도 다루는 솜씨가 매우 서툴러서 심각한 손해를 입히지는 못하는 것이었다. 따라서 권력을 쥐고 있는 군주는 자기 권력을 잃을 위험이 그다지 크지 않았다.

그런데 프랑스군이 이탈리아에 진격했을 때 전쟁의 능률을 놀라울 정도로 발전시킨 결과, 1521년까지는 전투에서 한번 실패하면 나라 전체를 잃게 되고 말았다.

밀라노를 성공적으로 방어한 프로스페로는 강력한 군대에 맞서는 방법을 처음 가르쳐 주었다. 그 본보기를 통해서 군주들은 이제 1494년 이전과 마찬가지로 권력을 안전하게 지키게 되었다.

그러나 그것은 결과이고 그 원인은 다르다. 즉, 1494년 이전에는 군사들이 공격하는 기술이 부족했고 현재는 방어하는 기술이 매우 발달한 것이다.

65

군대의 군수품을 운반하는 자루들을 '장애물'이라고 최초로 부른 사람은 그보다 더 적절한 명칭을 찾아낼 수 없었을 것이다.

누가 그런 명칭을 붙였든 그것은 '야영 부대의 이동보다 군수품의 운반이 더 괴로운 일'이라는 의미를 나타내는 것인데, 과연 참으로 옳은 말이다. 야영 부대가 이동할 수 있도록 모든 짐을 챙긴다는 것은 끝도 없는 작업인 것이다.

66

자유를 열성적으로 외치는 사람을 믿지 마라. 대부분의 경우, 어쩌면 단 한 명의 예외도 없이 그들은 각자 나름대로 특정한 개인적 이익을 얻을 속셈을 품고 있다.

우리의 체험이 의심의 여지도 없이 확실히 증명해 주기도 하지만, 만일 절대군주 밑에서 더 많은 이득을 얻을 수 있는 경우라면 그들은 재빨리 그런 군주를 섬기려고 달려갔을 것이다.

67

세상의 어떠한 지위나 직책이든 군대를 지휘하는 경우보다 탁월한 재능을 더 요구하는 것은 없다. 이것은 지휘관의 지위 자체가 중요해서 그런 것만은 아니다.

지휘관은 연속되는 무수한 여건을 잘 생각해서 해결하지 않으면 안 되기 때문이기도 하다. 그는 멀리서도 각종 사태를 예측하고 자기 군대가 입은 피해를 즉시 보충하지 않으면 안 된다.

68

두 진영이 전쟁을 하고 있을 때 어느 쪽이 이기든 그 승리자를 두려워할 필요가 없는 강력한 군주는 중립을 지키는 것이 현명하다. 왜냐하면 강력한 군주는 자기 힘만으로도 거뜬히 권력을 유지할 수 있고 다른 군주들이 약점을 내보일 때 자기 이익을 챙길 수가 있기 때문이다.

그러한 경우가 아니라면 중립이란 어리석고 또 해로운 정책이다. 중립을 지키는 군주는 승리자와 패배자 양쪽의 공격을 받게 된다. 건전한 판단에 근거를 둔 것이 아니라 우물쭈물하다가 중립을 지키는 경우가 최악의 상태이다.

예를 들면 어느 쪽을 지원할지 결정을 내릴 수가 없는

입장에서 중립이라도 보장해 주면 당분간은 만족할 상대 방마저도 만족시켜 주지 못하는 방식으로 처신하는 것이 최악의 상태인 것이다.

군주들보다는 공화국들이 이런 실책을 더 자주 저지른다. 그 이유는 결정을 내려야만 하는 사람들 사이의 분열이 이러한 미지근한 태도를 취하게 만드는 경우가 흔하기 때문이다.

이 사람은 이런 주장을 하고 저 사람은 저런 주장을 하여 한 가지 의견이 대다수의 지지를 받지 못하는 것이다. 이러한 미지근한 태도를 피렌체 사람들은 1512년에 보여 주었다.

69

한 시대가 다른 시대로 넘어가는 과정을 유심히 살펴보면 사람들의 말투, 어휘, 옷차림, 건축양식, 문화, 기타 이와 유사한 분야만 변하는 것이 아니라 입맛이 변한다는 사실을 잘 알 수 있을 것이다.

한 시대에 누구나 좋아하던 음식이 다른 시대로 넘어가면 아무도 좋아하지 않는 경우가 많다.

70

사람의 됨됨이가 있는 그대로 드러나는 경우는 그가 예기치 않은 위험에 부닥쳤을 때이다. 그런 위험을 당당하게 극복하는 사람은 매우 드물다. 그러나 그런 사람이야말로 참으로 용기 있는 인물이다.

71

어느 도시가 몰락하기 시작하거나 정부가 변하거나 새로운 제국이 팽창하거나 이와 유사한 현상이 일어나는 것을 볼 때, 그리고 그러한 현상이 우리 눈에 때로는 분명하게 드러날 때, 그런 것들이 결말을 볼 때까지 걸리는 기간에 대해서 잘못 판단하지 않도록 조심하라.

그런 현상들의 본질상, 그리고 수많은 장애 요인 때문에 사람들이 상상하는 것보다는 그 진행이 한층 더 느린 법이다. 이 시기에 대한 판단을 그르치는 사람은 심각한 피해를 입는다.

사람들이 자주 이러한 실수를 저질러서 낭패를 당하고는 했으니 그러한 실수를 거듭하지 않도록 최대한으로 조심하라.

개인적인 일에 관해서도 역시 조심하는 것이 좋다. 그러나 나라 전체에 관한 일에 대해서는 한층 더 조심해야만 한다. 나라 전체에 관한 일은 규모가 아주 커서 그 진행이 매우 느리고 무수한 우연에 좌우되기 때문이다.

72

원수가 발아래 엎드려서 자비를 베풀어 달라고 애원하게 만드는 것보다 이 세상에서 더 바람직하고 영광스러운 일은 없다. 그런데 그런 기회를 잘 이용하는 경우, 다시 말하면 승리한 것으로 만족하고 그에게 자비를 베풀면, 그 영광은 두 배로 높아진다.

73

알렉산더 대왕이든 줄리어스 시저든, 자비를 베푼 것으로 유명한 다른 위인들도 자기가 거둔 승리의 결실이 위험해지는 경우에는 절대로 자비를 베풀지 않았다.

그럴 때 자비를 베푼다는 것은 참으로 어리석은 짓이다. 그들은 오로지 자신의 안전이 손상되지 않고 명성이 더욱 높아질 경우에만 적에게 자비를 베푼 것이다.

74

복수란 항상 증오나 사악한 본성에서만 나오는 것은 아니다. 당신을 해치려 들면 큰코다친다는 것을 사람들에게 가르쳐 주기 위해서도 복수는 가끔 필요하다.

복수의 대상에 대해 개인적으로는 당신이 아무런 원한도 품고 있지 않다 해도 그러한 복수는 당연히 옳은 것이다.

75

과거에도 있었던 것과 현재 있는 것은 미래에도 있을 것이다. 그러나 사물들의 명칭과 겉보기는 변한다. 그래서 분별력이 뛰어나지 못한 사람들은 그 사물들을 알아보지 못한다. 또한 그들은 어떠한 판단을 내리고 어떠한 노선을 취할지에 대해 전혀 알지 못하는 것이다.

76

피렌체의 지도자인 로렌초 데 메디치는 "우리에 대해 험담하는 자들은 우리를 사랑하지 않는다는 점을 명심하라."고 말했고 그의 아들인 교황 레오는 그 말을 자주 인용했다.

77

가톨릭 국가 스페인의 국왕인 아라곤의 페르디난도는 가장 강력하고 또 현명한 군주였다.

내가 대사가 되어 스페인에 파견되었을 때 관찰해 보니 그는 새로운 사업에 착수하거나 중대한 결정을 내려야만 할 경우, 자신의 속셈을 미리 드러내지 않은 채, 신하들과 백성들을 모두 불러모은 뒤 그들이 "국왕 폐하께서는 이러저러한 일을 하셔야만 합니다."라고 먼저 주장하게 만들었다.

그래서 우리는 그의 결정이 옳다고 선언하는 것이다. 왜냐하면 모든 사람이 그러한 결정을 원했고 또 그렇게 결정하라고 소리쳤기 때문이다.

그의 결정이 신하들과 제국 전체에서 얼마나 큰 위력을 발휘하고 백성들의 호응을 받았는지는 참으로 믿기 어려운 일이다.

78

적절한 시기에 어떤 일을 착수하면 성취하기가 쉽다. 그런 경우에는 사실 일이 거의 다 저절로 잘된 것과 같다. 적절한 시기가 오기 전에 서둘러서 일을 착수하면 실패로 돌아갈 뿐만 아니라 나중에 적절한 시기가 온다고 해도 성공하기가 불가능한 경우가 많다.

따라서 정신없이 일을 서둘러서 하지는 마라. 성급하게 일을 추진하지도 마라. 무슨 일이든 여건이 성숙하고 적절한 시기가 올 때까지 기다려라.

79

현명한 사람은 적절한 시기가 주는 혜택을 잘 받아서 누린다고 하는 격언은 제대로 이해하지 않으면 위험한 격언이 된다.

기회란 당신 대문을 한 번만 두드리는데 대부분의 경우 당신은 즉시 결정을 내리고 행동해야만 하기 때문이다.

그러나 당신이 난처한 입장에 있거나 여러 가지 골치 아픈 문제와 씨름하고 있는 경우라면 최대한으로 시간을 끌면서 기다려라. 세월이 가면 당신의 짐이 가벼워지거나 당신이 한층 더 자유스러운 입장에 서게 되는 경우가 많기 때문이다.

위의 격언을 이런 식으로 이용한다면 그것은 유익한 것이 된다. 그러나 다른 식으로 해석한다면 해로운 격언이 될 수 있다.

80

기회가 한 사람에게 여러 번 찾아온다면 그는 대단한 행운아다. 왜냐하면 현명한 사람이라도 최초의 기회를 놓치거나 잘못 사용하기 쉽기 때문이다.

그러나 두 번째 찾아온 기회를 알아보지 못하거나 사용하지 못한다면 참으로 어리석은 짓이다.

81

미래의 사태가 불가피한 것이라 해도 그것에 전적으로 의존하지는 마라. 그렇게 해도 별다른 지장이 없다 해도, 당신은 사태가 예상과 반대되는 방향으로 전개될 경우에 대비해서 다른 대응책을 마련하지 않으면 안 된다.

이러한 대응책을 마련하는 것이 현명한 처사라는 것은 경험이 증명해 준다. 세상일이란 일반적으로 사람들이 예측한 것과 전혀 다른 식으로 돌아가는 경우가 너무나도 많기 때문이다.

82

거의 눈에도 띄지 않는 사소한 일이 엄청난 불행이나 대성공의 원인이 되는 경우가 많다. 따라서 아무리 사소한 것이라 하더라도 모든 것을 잘 살피고 판단하는 것이 대단히 현명한 일이다.

83

과거에 내게 일어난 적이 없는 일은 내가 아무리 그것에 관해 깊이 생각한다 해도 나중에 내게 일어나지 않을 것이라고 나는 자주 생각했다.

그러나 사실은 내 경우나 다른 사람들의 경우에서 보듯이 그 정반대의 경우가 옳다. 사물에 대해서 더 깊이 그리고 더 자주 생각하면 할수록 그만큼 더 잘 이해하게 되고 일도 더 잘하게 된다.

84

사업가가 되기를 원한다면 아무리 사소한 거래의 기회라 해도 소홀히 여겨서 그냥 놓치는 일이 없도록 하라. 나중에 그 거래를 원한다 해도 성공하기가 그리 쉽지는 않을 것이기 때문이다.

반면에 사업을 계속해서 착실히 운영하다 보면 상담이 끊임없이 밀려오게 마련이어서 사업가는 새로운 거래를 트려고 굳이 애쓰거나 부지런히 돌아다닐 필요도 없게 된다.

85

행운이란 만나는 사람도 있고 못 만나는 사람도 있다. 그리고 개인의 경우에도 어떤 사업에서는 행운을 만나고 다른 사업에서는 못 만나게 된다.

나는 자본도 없이 오로지 개인적인 노력만으로 이익을 얻는 일에서는 성공했지만 다른 일에서는 성공을 거두지 못했다.

내가 이익을 얻으려고 애쓸 때는 그 이익을 얻기가 어려웠다. 그러나 이익을 얻으려는 생각이 별로 없어서 이익을 추구하지 않을 때는 이익이 무더기로 들어왔다.

86

중대한 사업에 관련이 되어 있거나 권력을 잡으려고 할 때는 언제나 당신의 실패를 감추고 성공을 과장하지 않으면 안 된다. 그것은 일종의 속임수이고 또 나의 천성에 거스르는 것이다.

그러나 당신의 운명이 사실관계보다는 다른 사람들의 의견에 좌우되는 경우가 더 많기 때문에 당신이 하는 일이 모두 잘되고 있다는 인상을 심어 주는 것은 매우 효과적인 방법이 된다. 당신의 사업이 쇠퇴하고 있다고 다른 사람들이 생각한다면 당신은 큰 피해를 입을 것이다.

87

당신은 친척이나 친구들에게서 많은 혜택을 받았지만 당신이나 그들이나 그 사실을 모르고 있다. 이러한 혜택은 그들로부터 오는 것이 확실하다고 알려진 혜택보다 훨씬 더 많다.

실제로는 당신이 그들에게 직접 도움을 요청해야 할 일은 드물 것이다. 그러나 당신이 필요할 때는 언제든지 그들을 이용할 수가 있다고 사람들이 믿어 주는 덕분에 당신은 일상생활에서 이익을 얻을 것이기 때문이다.

88

군주는 물론이고 중대한 사업에 관련된 사람은 누구나 외부에 알려지지 않는 것이 더 좋은 것에 대해서는 그것을 비밀로 삼아야만 한다.

또한 외부에 알리는 것이 유리한 경우가 아니라면 모든 일에 관해서, 하찮고 중요성이 전혀 없다고 보이는 것에 관해서도 스스로는 물론이고 부하들에게도 침묵을 지키는 습관을 몸에 익히게 해야 한다.

당신 부하들이나 주위 사람들이 당신이 하는 일에 관해서 아무것도 모르고 있다면 그들은 항상 긴장 상태에 놓이고, 당신에 대해 경이감을 품으며, 당신의 모든 동작에 관해서 세심한 주의를 기울일 것이다.

89

나에게 뉴스를 제공해 주는 사람이 흠 잡을 곳이 하나도 없는 경우가 아니라면 나는 그럴듯하게 보이는 뉴스라도 조금도 믿으려 하지 않는다.

사람이란 그럴듯하게 보이는 뉴스를 믿고 싶어하는 성향이 있기 때문에 그런 뉴스를 꾸며내는 사람들은 쉽게 만나 볼 수가 있다. 그러나 전혀 예상하지 못한 뉴스나 도저히 믿기 어려운 뉴스는 쉽사리 조작되지 못할 것이다.

따라서 나는 예상했던 뉴스를 신뢰하기 어려운 사람으로부터 들었을 때는 예상하지 못했던 뉴스를 들을 때보다 더욱 의심을 한다.

90

군주의 총애에 의지해서 사는 사람들은 언제든지 그가 원하는 대로 섬기려 달려가기 위해서 그의 모든 동작, 사소한 몸짓마저도 매우 세심하게 살펴본다. 그런데 이런 식으로 처신하다가 그들이 엄청난 타격을 받는 경우가 많다.

군주를 섬기는 사람은 지나치게 안달할 것이 아니라 분별력을 유지해야 하고, 자기가 움직여야 할 만큼 중대한 일이 있을 때 비로소 몸을 움직이지 않으면 안 되는 것이다.

91

루도비코 스포르차는 밀라노를 너무 사악한 방법으로 탈취했고, 그것을 위해 온 세상을 파멸시켰다. 그런데 그의 자녀들이 밀라노의 권력을 이어받도록 정의로우신 하느님께서 허락하리라고는 나는 도저히 상상도 하지 못했다.

92

"어떤 사람은 선량하기 때문에 이런 저런 일에 관해서 하느님의 가호를 받았고 또 어떤 사람은 사악하기 때문에 이런저런 일에서 실패했다."는 말을 절대로 하지 마라. 그와 정반대되는 일이 일어나는 것을 우리는 자주 보았기 때문이다.

그러나 하느님께서 정의롭지 않다는 말을 해서도 안 된다. 하느님의 계획은 인간이 도저히 알 수가 없는 것이기 때문에 심오하다고 부르는 것이 마땅하다.

93

군주의 고유 영역에 속하는 일을 개인이 한다면 그는 군주를 모욕하는 중대한 범죄를 저지르는 것이다.

이와 마찬가지로 군주도 백성들과 개인의 고유 영역에 속하는 일을 하면 백성들에게 중대한 범죄를 저지르게 되는 것이다.

따라서 페라라의 공작은 엄한 처벌을 받아 마땅한 중대한 범죄를 저질렀다. 그는 무역과 독점거래와 기타 일반 백성이 해야 마땅한 사업에 직접 손을 대고 있기 때문이다.

94

군주에게 등용되기를 바라고 그의 궁전에 자주 드나드는 경우라면 당신은 항상 군주의 눈에 띄도록 처신해야만 한다.

왜냐하면 중요한 사건이란 갑자기 발생하는 경우가 많은데 당신이 군주 곁에 있으면 그가 당신을 기억하여 그 사건의 처리를 맡기겠지만, 당신이 눈에 보이지 않는다면 그는 다른 사람에게 그 임무를 맡길 것이기 때문이다.

95

위험에 직면했을 때 그 위험을 제대로 파악하지도 못한 채 무모하게 대드는 사람은 짐승과 같다. 그러나 위험을 제대로 파악했지만 필요 이상으로 두려워하지 않는 사람은 용감한 것이다.

96

　현명한 사람은 모두 겁이 많다는 옛말이 있다. 그들은 모든 위험을 잘 알고 있기 때문에 두려워하는 것이 당연하다는 것이다. 내 생각에 이 말은 틀린 말이다. 위험을 과대평가하는 사람이 있다면 그를 현명한 사람이라고 불러서는 안 된다.

　나로서는 위험의 실체를 정확히 파악하고 그 위험에 상응하는 두려움만 품는 사람을 현명하다고 부를 것이다. 그러니까 겁이 많은 사람보다는 용감한 사람을 현명하다고 불러야 마땅하다.

　양쪽 다 위험을 확실히 알고 있지만 둘 사이에는 차이가 있다. 겁이 많은 사람은 자기가 파악한 위험을 모두 계산에 넣고는 최악의 결과를 예상한다.

　반면에 용감한 사람은 모든 위험을 잘 알면서도 어떤 것은 인간의 노력으로 피할 수가 있고 또 어떤 것은 우연히 해소될 수도 있다고 생각한다. 그는 그 모든 위험 때문에 밀려서 뒷걸음질을 치지는 않을 것이다.

　오히려 닥칠 수 있는 모든 위험이 반드시 닥치는 것은 아니라고 알고 또 그런 희망을 품은 채 자기 길을 갈 것이다.

97

메디치 가문의 줄리오 데 메디치가 클레멘스 7세 교황이 되었을 때, 페스카라의 백작은 온 세상이 원하던 일이 실현되는 것을 자기 눈으로 본 것은 오로지 그때뿐이라고 내게 말했다. 그렇게 말한 이유는 일반적으로 다수가 아니라 극소수의 사람들이 세상의 일을 결정하기 때문이다.

극소수의 사람들의 목적은 거의 언제나 많은 사람들의 목적과 다르기 때문에 그들의 목적은 많은 사람들이 원하는 목적과 다른 결과를 초래하는 것이다.

98

영리한 폭군은 현명하지만 겁이 많은 사람들을 우호적인 시선으로 바라볼 것이다. 그럼에도 불구하고 그는 침착한 성격의 소유자라고 판단되는 용감한 사람들마저도 싫어하지는 않을 것이다. 자신이 그들을 만족시킬 수 있다는 희망을 언제나 품기 때문이다.

그가 무엇보다도 싫어하는 것은 용감하면서도 성급한 사람들이다. 자신이 그들을 만족시켜 줄 수 있다는 생각을 할 수가 없기 때문이다. 따라서 그는 그들을 제거하려고 생각하지 않을 수가 없다.

99

영리한 폭군이 나를 적으로 여기지 않는 한, 그가 나를 겁이 많은 사람으로 보기보다는 침착하고 용감한 사람으로 보기를 원한다. 그가 나를 겁쟁이로 본다면 그는 자기 멋대로 행동하겠지만, 나를 침착하고 용감한 사람으로 본다면 나를 만족시키려고 애쓸 것이기 때문이다.

100

폭군 아래 사는 경우 당신은 그와 아주 절친한 관계에 있기보다는 적절한 거리를 둔 친구가 되는 편이 더 낫다. 그러면 당신이 존경을 받는 유력한 시민인 경우에는 그의 권력 덕분에 혜택을 얻을 것이다.

때로는 그에게 한층 더 가까운 측근들보다도 당신이 더욱 큰 혜택을 받을 것이다. 그리고 그가 권력을 잃는 경우에도 당신에게는 자신을 보존할 희망이 여전히 남아 있게 된다.

101

야수처럼 잔인한 폭군으로부터 자신을 구하기 위해서는 전염병에 대한 조치를 취할 때와 똑같은 방법을 쓸 수밖에 없다. 최대한으로 재빨리, 그리고 아주 멀리 달아나라.

102

포위된 채 외부 세력의 도움을 기다리고 있는 사람은 자신의 절박한 상황을 항상 과장해서 소리칠 것이다.

그러나 외부 세력의 도움을 기다리지 않는 사람은 적군을 지치게 만들어 승리에 대한 희망을 포기하게 하는 것 이외에는 다른 방법이 없기 때문에 되도록 자신의 절박한 상황을 숨기고 대외적으로는 과소평가해서 알릴 것이다.

103

폭군은 당신의 은밀한 속마음을 알아내려고 온갖 수단을 다 동원할 것이다. 그는 아주 친밀한 태도를 취하기도 하고 당신과 오랫동안 대화를 나누며, 자기 부하들에게 당신과 아주 친하게 지내면서 당신을 자세히 관찰하라고 명령할 것이다. 이러한 모든 함정에서 당신 자신을 잘 보호하기란 매우 어렵다.

당신의 속셈이 그에게 알려지기를 원하지 않는다면 생각 자체를 조심해서 하라. 그리고 그가 당신을 덮칠 빌미를 하나도 제공하지 않기 위해서 최대한의 노력을 기울여 조심하라. 당신의 속마음을 그가 알아내려고 애쓰는 만큼 당신도 속마음을 숨기려고 열심히 노력하라.

104

솔직하고 순박한 성격의 사람들은 누구에게나 유쾌하고 또 크게 칭송을 받는다. 반면에 속임수는 누구나 싫어하고 미워한다. 그러나 속임수가 매우 큰 쓸모가 있는 반면에 당신의 솔직한 성격은 당신 자신보다는 다른 사람들에게 유리한 경우가 많다.

그렇다고는 하지만 속임수가 불쾌한 것이라는 점은 부인할 수가 없기 때문에 나는 일반적인 의미에서 솔직하고 순박한 사람, 그리고 오로지 특별하면서도 매우 중대한 일에 관해서만 속임수를 쓰는 사람들을 칭찬하고 싶다.

이러한 원칙에 따르면 당신은 솔직하고 순박하다는 명성을 얻을 것이고 그러한 명성이 가져다주는 인기를 누릴 것이다. 동시에 매우 중대한 일에 관해서는 속임수를 써서 한층 더 큰 이익을 거둘 것이다.

당신이 속임수를 쓰는 사람이 아니라는 명성 때문에 사람들은 당신의 말을 쉽게 믿어 줄 것이기 때문이다.

105

시치미를 떼거나 속임수를 쓰는 사람으로 널리 알려진 경우라고 해도 그의 거짓말을 믿어 주는 사람들이 때로는 있게 마련이다. 그것은 이상한 일이지만 사실이다. 내 기억으로는 그 누구보다도 가톨릭 국가의 국왕이 이 방면에서 평판이 자자하다.

그의 말을 필요 이상으로 믿어 주는 사람들이 항상 있는 것은 사람들의 탐욕과 어리석음 때문이다. 탐욕스러운 사람들은 그의 말이 사실이기를 바라면서 쉽게 믿어버린다. 그리고 어리석은 사람들은 일이 어떻게 돌아가고 있는지를 전혀 모르고 있을 뿐이다.

106

집안일 가운데 가장 어려운 일은 딸을 훌륭한 집안의 상대에게 시집보내는 일이다. 그 이유는 남자란 누구나 자신이 다른 사람보다 더 낫다고 과대평가해서 눈이 높아지게 마련이고 자기 분수에 넘치는 상대방을 찾기 시작하기 때문이다.

자기 주변을 잘 돌아다본다면 고맙게 받아들여야 마땅할 사윗감마저도 거절하는 아버지들을 나는 자주 보았다.

따라서 딸을 둔 아버지라면 상대방의 처지뿐만 아니라 자기 자신의 처지도 냉정하게 파악하지 않으면 안 된다. 그리고 필요 이상으로 자기 처지에 대해 과대평가해서는 안 되는 것이다. 나는 이런 점을 잘 알고 있다.

물론 내가 아는 대로 제대로 처신할지 여부에 대해서는 별문제라고 해도 말이다. 또한 나 자신도 스스로 과대 평가하는 일반적인 잘못을 저지르지 않으리라는 보장도 없다.

그렇다고 해서 나의 충고를 듣고 기분이 몹시 상한 나머지, 피렌체의 외교관이자 정치가인 프란체스코 베토리의 경우처럼, 딸을 달라고 맨 처음 요청한 사람을 무조건 사위로 삼을 것까지는 없을 것이다.

107

다른 나라의 지배를 받는 속국에서 태어나지 않는 것이 가장 바람직하다. 그러나 불가피하게 그런 속국에서 태어난 경우라면 공화국의 속국이 아니라 군주의 속국에서 태어나는 것이 더 낫다.

왜냐하면 공화국은 속국의 모든 백성들을 억압하고 오로지 자기 나라의 시민들에게만 권력의 행사를 허용하기 때문이다.

반면에 군주는 자기 나라의 시민이든 속국의 백성이든 모두 자기 지배를 받는 사람들이기 때문에 공화국의 경우보다 한층 더 평등을 보장하는 쪽으로 행동한다. 따라서 모든 사람이 군주로부터 혜택을 받거나 등용되기를 희망하게 된다.

108

사람이란 아무리 지혜로워도 때로는 잘못을 저지르는 법이다. 그런데 잘못을 저질러도 사소한 잘못을 저지르거나 그 잘못의 결과가 그다지 중요하지 않게 된다면 그것은 행운의 덕분이다.

109

누구나 나라를 다스릴 수 있는 것은 아니고 오로지 유능하고 자격을 갖춘 사람들만이 나라를 다스려야 한다. 모든 시민의 자유를 보장해 주는 것은 모든 사람이 참여하는 정부가 아니라 올바른 법과 질서의 준수이다.

시민의 자유와 안정된 정부는 군주체제나 과두체제보다는 공화국에서 한층 더 확고하게 보장된다. 그런데 바로 이 점 때문에 우리가 사는 피렌체 공화국이 늘 심각한 시련에 시달리고 있다. 사람들은 자유와 안전에만 만족하지 않고 정치에도 관여하고 싶어하게 마련인 것이다.

110

무슨 일에나 로마인들의 예를 들어서 논의하는 것처럼 큰 잘못은 없다. 그러한 비교가 정당하다고 인정을 받으려면 우선은 로마인들과 똑같은 여건에 놓인 도시가 있고 그 도시를 로마인들 방식대로 다스리지 않으면 안 된다.

로마인들과 전혀 다른 여건에 놓인 도시를 로마와 비교한다는 것은 경마장에 당나귀를 내보내서 준마처럼 달리기를 바라는 것처럼 어리석은 짓이다.

같은 문제를 놓고도 법률가마다 의견이 다른 것에 대해서 대부분의 사람들은 비난한다. 그들은 법률가들의 개인적인 결함 때문이 아니라 문제의 성질 때문에 그러한 결과가 나온다는 것을 깨닫지 못하는 것이다.

일반적 원칙이란 구체적인 경우를 모두 포괄하기가 불가능하다. 구체적인 문제는 법률만 가지고는 해결될 수가 없고 오히려 사람들의 의견에 따라 풀어나가야 하는 경우가 많은데 사람들의 의견이란 언제나 일치하는 것은 아니다.

의사, 철학자, 분쟁의 중재자, 그리고 나라를 다스리는 정치가들의 경우도 역시 마찬가지이다. 그들은 법률가들의 경우처럼 제각기 주장하는 의견이 서로 다른 것이다.

112

안토니오 다 베나프라는 "지혜로운 사람을 여섯 명이나 여덟 명을 한 군데 모아 보라. 그러면 그들은 각각 미친놈이 될 것이다."라고 말하고는 했는데 그의 말은 참으로 옳은 것이다.

그들은 어떤 문제에 관해서 합의를 이루지 못할 때마다 문제의 해결을 모색하기보다는 논쟁만 일삼으려고 하기 때문이다.

113

어떤 문제에 대해서든 법률이 개인이 제멋대로 내리는 판단, 즉 판사의 자유의사에 맡겨서 처리하게 한다고 생각한다면 그것은 오산이다.

법이란 판사에게 특정인에게 권리를 주거나 뺏는 권한을 절대로 위임하지 않는다. 그러나 법이 해결의 일정한 원칙을 미리 규정해 줄 수 없는 경우에 한해서는 판사의 자유재량에 맡겨야 한다.

판사는 사건과 관련된 모든 여건과 정상을 충분히 고려한 뒤에 양심에 따라 옳다고 생각하는 판결을 내려야만 한다. 그럴 때 판사는 자기 결정에 관해서 그 누구에게도 책임을 질 필요가 없고 자기 결정이 옳았는지에 관해서는 오로지 하느님에게만 책임을 지면 되는 것이다.

114

어떤 사람들은 현재의 상황에 근거해서 미래의 일에 관한 논문을 쓴다. 그들이 충분한 정보를 가지고 있다면 그 글이 독자들에게 매우 그럴듯하게 보일 것이다. 그럼에도 불구하고 그들의 글은 사람들을 잘못 인도할 뿐이다.

한 가지 결론은 다른 결론에 의거하고 있게 마련인데 근거가 되는 이론이 잘못된 것이라면 거기서 이끌어낸 결론들은 모두 틀린 것일 수밖에 없기 때문이다.

그런데 아무리 사소한 여건이라도 그것이 변하면 결론이 달라지게 마련이다. 따라서 세상일이란 먼 앞날에 관해서는 제대로 판단할 수가 없고 그날그날 판단하고 해결해야만 하는 것이다.

115

1457년 이전에 기록한 메모에서 나는 어떤 현명한 시민이 "피렌체가 국가적으로 진 부채를 갚지 못한다면 파산하고 말 것이다."라고 말한 구절을 발견했다.

피렌체가 국가적으로 진 부채를 줄여나가지 않으면 과도한 이자 때문에 부채가 너무나 불어서 걷잡을 수 없는 상태가 올 것이라고 그는 정확하게 내다본 것이다.

그러나 과도한 부채를 안고 있는 상태가 매우 오랫동안 지속되었지만 그가 예견한 혼란은 닥치지 않았다. 그의 예측보다 훨씬 더 느리게 부채가 증가한 것이 분명하다.

116

국가에 닥칠 위험이 아무리 엄청나고 또 매우 가까이 임박한 듯이 보인다 해도 통치자는 그러한 위험 때문에 겁에 질려서는 안 된다. 아무리 악마라 해도 철저하게 사악한 것은 아니라는 속담도 있기 때문이다.

위험이 우연하게 해소되는 경우도 많다. 설령 위험이 닥칠 수밖에 없다고 해도 통치자는 주어진 여건 안에서 어떤 해결책을 찾거나 위험을 감소시키는 방안을 언제나 발견할 것이다.

이 격언을 잘 기억해 두어야 한다. 왜냐하면 이것은 일상생활에서 언제나 적용되는 원칙이기 때문이다.

117

선례에 따라서 판단하는 것은 크게 잘못하는 짓이다. 모든 면에서 여건이 똑같지 않다면 선례란 아무 소용이 없는 것이다. 여건이 조금만 달라도 결과가 엄청나게 달라질 수 있기 때문이다. 이러한 사소한 차이를 식별하는 데는 뛰어난 통찰력이 필요하다.

118

무엇보다도 명예를 소중하게 여기는 사람은 힘든 노력이나 위험이나 돈 따위를 대수롭지 않게 여기기 때문에 모든 일에서 성공을 거둘 것이다. 나도 경험을 했기 때문에 이런 말을 하고 또 글을 쓸 수 있는 것이다.

명예를 소중하게 여긴다는 강력한 자극을 지니지 못한 사람의 행동은 죽은 것이고 아무 쓸모도 없다.

119

대중이 지지해 줄 것이라는 기대를 품고 개혁을 시도하지는 마라. 그런 지지란 매우 위험한 바탕이기 때문이다. 대중이 당신을 따르지 않을 수도 있는가 하면 대개의 경우에는 당신이 믿는 것과는 완전히 동떨어진 딴생각을 하게 마련이다.

브루투스와 카시우스의 경우를 살펴보라. 줄리어스 시저를 암살한 뒤 그들은 기대한 것과 달리 시민들의 지지를 얻지 못했을 뿐만 아니라 시민들이 무서워서 카피톨리움 신전으로 도피해야만 했다.

120

사람들이 어떻게 스스로를 속이는지 살펴보라. 그들은 남이 저지르는 범죄는 중대한 것이라고 여기는 반면 자신이 저지른 범죄는 매우 사소한 것이라고 본다.

자신이 취한 행동의 본질과 종류를 고려해서가 아니라 이러한 기준에 따라서 사람들은 선이냐 악이냐를 결정하는 것이다.

121

　문서란 처음부터 허위로 작성되는 경우는 매우 드물다. 상황이나 필요성에 따라서 나중에 허위로 조작되게 마련이다. 자기 자신을 안전하게 지키는 데 가장 좋은 방법은 명령서나 문서가 작성되자마자 즉시 정본과 똑같은 사본을 만들고 그것을 항상 가까이 보관하는 것이다.

122

　대립되는 당파들로 분열된 도시에서 저질러지는 범죄의 대부분은 불신에서 나오는 것이다. 상대방의 선의를 의심하기 때문에 누구나 상대방이 수를 쓰기 전에 자신이 먼저 선수를 치기로 작정한다.

　따라서 그러한 도시를 다스리는 사람은 무엇보다도 이러한 상호 불신을 없애려고 노력하지 않으면 안 된다.

123

어느 시대나 사람들은 기적이 전혀 아닌 것을 가지고 기적이라고 생각한 경우가 많다는 것은 매우 분명한 사실이다. 또한 어떠한 종교든 각각 수많은 기적을 주장한다는 것도 분명한 사실이다.

따라서 기적이란 한 종교가 주장하는 진리가 다른 종교에서 주장하는 진리보다 더 확실하다고 증명하기에는 근거가 매우 빈약한 것이다.

기적은 신의 힘을 드러낼지도 모른다. 그러나 이교도들이 믿는 신보다 그리스도교도들이 믿는 신의 힘을 더 잘 드러내는 것은 아니다.

예언과 마찬가지로 기적도 인간의 지식으로는 알아낼 수 없는 대자연의 비밀이라고 말한다고 해도 죄가 되지 않을지도 모른다.

124

어느 나라에서나 그리고 거의 모든 도시에서 나는 동일한 결과를 얻기 위해서 독실한 신앙심을 발휘하는 것을 많이 보았다. 피렌체에서 가까운 산타마리아 임프루네타의 성모상은 비를 내리기도 하고 날씨를 맑게 하기도 한다.

다른 여러 도시에서도 나는 성모상과 성인들의 초상이 이와 똑같은 일을 행하는 것을 보았다. 이것은 하느님의 은총이 모든 사람들을 돕는다는 뚜렷한 징표이다.

물론 이러한 신앙심은 그런 결과를 누구나 보았기 때문에 생긴 것이라고 하기보다는 무엇이든 쉽게 믿으려고 하는 사람들의 속성에서 나온 것인지도 모른다.

125

철학자들과 신학자들뿐만 아니라 초자연적인 것과 눈에 보이지 않는 것을 탐구하는 모든 사람들은 미친 수작을 수없이 하고 있다. 물론 이러한 일들에 관해서 사람들은 아무것도 모른다. 그리고 그들의 탐구는 과거와 마찬가지로 지금도 진리의 발견보다는 지능 발달을 위한 연습에 더 큰 기여를 한다.

126

무슨 일이든지 완전하게 한다는 것, 다시 말하면 사소한 결함이나 잘못 없이 일을 처리한다는 것은 틀림없이 바람직할 것이다. 그러나 그렇게 하기는 매우 어렵다. 그러니까 일을 더 잘하려고 너무나도 많은 시간을 쏟아 붓는 것은 잘못이다.

왜냐하면 자기가 원하는 그대로 일을 하려고 시간을 낭비하는 동안에 좋은 기회를 놓치는 경우가 매우 많기 때문이다. 성공했다고 스스로 판단하는 경우마저도 그것이 잘못된 것이라고 나중에는 깨닫게 된다.

이 세상의 거의 모든 것은 원래부터 어딘가 부족한 점이 있기 때문이다. 사물을 있는 그대로 받아들이고, 부족한 점이 가장 적은 것이라면 그것을 좋다고 생각하지 않으면 안 된다.

127

전쟁이 진행되는 동안 나는 상황이 매우 불리하게 돌아 간다고 생각하게 만들 수도 있는 소식에 이어서 승리를 보 장해 주는 듯한 다른 소식이 갑자기 오는 경우를 자주 보 았다.

또 어떤 때는 좋은 소식이 먼저 오고 이어서 불길한 소 식이 오기도 했다. 이처럼 상반되는 소식의 교차를 너무나 도 자주 보았다. 이러한 체험에 비추어 볼 때, 유능한 군사 지휘관은 쉽사리 낙담하거나 자신감에 넘쳐서는 안 된다.

128

나라의 일을 처리할 때 군주는 이성적으로 판단해서 자 신이 반드시 취해야만 하는 행동을 할 것이 아니라 자신의 천성이나 습관에 따라 자연스럽게 나오는 행동을 취해야 한다.

군주는 의무적으로 반드시 해야 할 행동을 하기보다는 자기가 원하는 대로 또는 자기가 잘 아는 바에 따라서 행 동하는 경우가 많은 법이다. 이 원칙에 따르지 않는 군주 는 심각한 위기에 직면할 것이다.

129

특정한 행동을 하는 것이 범죄나 불의를 저지르는 것이
된다고 해서 그런 행동을 하지 않는 것이 선행이나 유익한
행동이 되는 것은 아니다.

왜냐하면 해로운 행동과 유익한 행동, 칭찬받을 행동과
비난받을 행동 사이에는 그 중간에 해당하는 행동이 있기
때문이다. 그런 행동은 악행도 아니고 남을 해치는 행동도
아니다.

따라서 이러저러한 행동이나 말을 하지 않았다고 내세
우지 마라. 대부분의 경우에는 실제로 어떤 행동이나 말을
했을 때 칭찬받을 가치가 있는 것이다.

130

군주가 무엇보다도 경계하지 않으면 안 되는 상대는 천
성적으로 만족할 줄을 모르고 늘 불만을 품는 사람들이다.
아무리 혜택을 베풀고 선물을 준다고 해도 군주는 절대로
그들에 대해서 안심할 수 없다.

131

불만을 품은 신하와 절망에 빠진 신하 사이에는 큰 차이가 있다. 불만을 품은 신하는 군주를 해칠 기회가 온다 해도 쉽게 위험을 무릅쓰려고 하지 않을 것이다. 오히려 그는 절호의 기회가 오기를 기다릴 테지만 그런 기회는 결코 오지 않는다.

절망에 빠진 신하는 좋은 기회가 오기만 노리고 있다가 정권을 타도할 꿈을 꾸거나 음모를 꾸미는 데 무작정 뛰어들 것이다.

따라서 군주는 불만을 품은 신하에 대해서는 방어할 필요가 별로 없겠지만 절망에 빠진 신하에 대해서는 언제나 신변 방어를 하지 않으면 안 된다.

132

나는 무슨 일에나 전혀 서두르지 않는 성격이고 남과 흥정하는 일은 딱 질색이다. 그래서 나와 흥정할 필요가 있는 사람들은 모두 편하게 일을 처리했다.

그럼에도 불구하고 나는 무슨 일이든 흥정을 하는 데 있어서 가장 유리한 방법을 배웠다. 그것은 자신이 달성하고 싶어하는 최종 목표를 처음부터 상대방에게 드러내서는 안 된다는 것이다.

오히려 그 목적과 전혀 관계없는 것을 원하는 듯이 딴청을 부리고 나서 자신이 그 목적을 향해 마지못해서 조금씩 끌려가는 듯이 보이는 것이다. 이런 식으로 흥정하면 처음에 원하던 것보다 더 많은 것을 얻는 경우가 많다.

그러나 내가 하던 식으로 뭐든지 호락호락 넘어가고 나면 쌍방이 서로 합의하는 데 필요한 최소한의 조건 이외에는 상대방이 절대로 들어주지 않을 것이다.

133

상대방에 대해서 몹시 불쾌하게 느낀다 해도 당신에게 수치가 되거나 해를 초래하지 않는 한 그것을 감추는 것이 매우 현명한 조치이다.

물론 이렇게 불쾌감을 감출 수 있는 사람은 매우 드물다. 그렇지만 나중에 가서 당신에게 불쾌감을 준 그 사람의 도움이 필요할 경우가 자주 생기는 법이다. 그런데 당신이 그를 싫어한다는 사실을 그가 이미 알고 있다면 당신은 그의 도움을 받을 가망이 거의 없다.

나는 내가 몹시 싫어하는 사람들에게 도움을 요청하지 않으면 안 되는 상황을 너무나도 자주 겪었다. 그런데 그 사람들은 내가 자기를 좋아하는 줄 알거나 또는 내가 싫어한다는 사실을 모른 채 조금도 주저하지 않고 나를 도와주었다.

134

사람이란 악보다는 선으로 기울어지는 천성을 타고났다. 다른 여건들 때문에 악으로 기울어지지 않는 한 사람은 악행보다는 선행을 하려고 한다. 그러나 인간의 본성이 너무나도 약한 반면 유혹은 너무나도 많기 때문에 사람들이 흔히 선행을 멀리하게 된다.

따라서 법률을 만드는 현명한 사람들은 보상과 처벌을 고안해 냈는데, 이것은 사람들이 선으로 기울어지는 본성을 굳게 지키도록 만들기 위해서 기대감과 두려움을 이용하는 것일 뿐이다.

135

천성적으로 선보다는 악으로 더 기울어지는 사람이 있다면 그를 사람이 아니라 야수나 괴물이라고 불러도 상관이 없을 것이다. 왜냐하면 그에게는 모든 사람이 타고난 천성이 결여되어 있기 때문이다.

136

현명한 사람보다 바보가 더 큰일을 해내는 경우가 많다. 왜냐하면 억지로 다른 길을 택하도록 강요되지 않는 한 현명한 사람은 이성에만 전적으로 의존하고 행운에는 전혀 의존하지 않기 때문이다.

반면에 바보는 그와 정반대되는 태도를 취한다. 그런데 행운의 결과가 엄청난 성공을 가져오는 경우가 적지 않다.

피렌체가 현재 직면하고 있는 위기에 대해서 현명한 사람들은 굴복했을 것이다. 그러나 바보들은 이성의 판단을 전적으로 무시한 채 피렌체가 도저히 해내기가 불가능하다고 여겨졌던 일을 지금까지 해오고 있는 것이다. 이것이 바로 "행운은 용감한 자를 돕는다."라는 속담을 입증하는 것이다.

137

무능한 정권이 미치는 피해가 사람들 눈에 낱낱이 보인다면 나라를 제대로 다스릴 줄 모르는 사람들은 통치 방법을 배우려고 하거나 아니면 유능한 인물들에게 권력을 넘겨줄 것이다.

그러나 문제는 사람들, 특히 대중은 무질서의 원인에 관해서 너무나도 모르고 있기 때문에 잘못된 시책 때문에 무질서가 생긴다는 사실을 깨닫지 못한다.

능력이 부족한 지도자들이 얼마나 큰 피해를 끼치는지 깨닫지 못하기 때문에 그들은 자기가 무슨 일을 하고 있는지 모르면서 제멋대로 행동하는 잘못을 계속 저지른다. 그리고 무능한 지도자들의 통치에 고분고분 따르다가 결국 도시를 멸망시키고 만다.

138

반드시 일어나지 않으면 안 되는 일에 대해서는 어리석은 사람이든 현명한 사람이든 거역할 방법이 없다.

"운명이란 자신을 기꺼이 따르려는 사람은 인도해 주지만 따르지 않으려고 하는 사람은 억지로 끌고 간다."라는 말보다 더 옳은 말을 나는 여지껏 들어본 적이 없다.

139

사람과 마찬가지로 도시도 죽는다는 것은 사실이다. 그러나 두 가지 사이에는 차이가 있다. 썩어 없어질 육체를 가진 사람은 아무런 잘못을 저지르지 않는다 해도 결국은 죽고 만다. 그러나 도시는 그 구성 요소의 일부 결함 때문에 파멸하는 것은 아니다.

왜냐하면 도시의 구성 요소들이란 언제나 새로운 것으로 바뀌기 때문이다. 오히려 도시의 멸망은 불운 때문에 또는 잘못된 정치, 즉 통치자의 어리석은 조치 때문에 초래되는 것이다.

오로지 불운 때문에만 도시가 파멸하는 경우는 매우 드물다. 도시란 대단한 저항력을 지닌 거대한 조직이기 때문에 그것을 파멸시키려면 엄청난 규모의 집중적인 파괴력이 필요하다.

따라서 도시의 파멸이란 언제나 통치자의 실책이 그 원인이 된다. 제대로 잘 다스려지는 도시라면 영원히 존속하거나 적어도 과거의 역사에서 보는 실례들보다는 훨씬 더 오래 존속하는 것이 가능할 것이다.

140

대중이란 무수한 실수와 잘못을 저지르는 미친 야수와 똑같다. 그들은 교양도 없고 줏대도 없다.

141

과거에 일어난 일 또는 지방이나 먼 나라에서 일어나고 있는 일에 관해서 우리가 전혀 모르고 있다고 해서 놀랄 필요는 없다.

곰곰 생각해 본다면 사실 우리는 현재의 일에 대해서나 바로 우리가 사는 이 도시에서 날마다 일어나는 일에 대해서조차 정확한 정보를 가지고 있지 못한 것이다.

궁정과 시장 사이에 짙은 구름이나 두터운 장벽이 가로막혀 있어서 맨눈으로는 궁정에서 무슨 일이 벌어지고 있는지 볼 수가 없는 경우가 흔하다.

그런 장벽이 없어서 누구나 훤히 들여다볼 수 있다면 사람들은 통치자가 하고 있는 일이나. 왜 그가 그런 일을 하는지에 관해서 마치 먼 나라 인도에서 일어나고 있는 일과 마찬가지로 잘 알게 될 것이다. 그러나 궁정에서 일어나는 일을 들여다볼 수가 없기 때문에 세상에는 편견과 근거 없는 낭설들이 마구 돌아다니는 것이다.

142

사람이 얻을 수 있는 가장 큰 행운 가운데 한 가지는 개인적인 이익을 위해서 한 일을 마치 공공의 이익을 위해서 한 것처럼 보이도록 만드는 기회를 잡는 것이다.

가톨릭 국가의 왕이 한 일들이 크게 칭송을 받는 이유는 바로 이러한 행운을 얻었기 때문이다. 그는 자신의 안전이나 권력을 확보하기 위해 일을 했지만 그것이 그리스도교 신앙을 강화하거나 가톨릭 교회를 지키기 위해서 한 것으로 보인 경우가 많은 것이다.

143

모든 역사가는 예외 없이 자기와 같은 시대에 사는 사람들에게 널리 알려진 수많은 사실들을 자기 저서에서 누락하는 잘못을 저지른다.

그것은 순전히 역사가들이 동시대 사람이라면 그러한 사실들을 누구나 다 잘 알고 있다고 미리 선입관을 가지고 있기 때문이다.

그래서 현재 우리는 로마, 그리스, 기타 다른 나라들의 역사를 다룰 때 수많은 문제에 관해서 마땅한 정보를 가지고 있지 못하는 것이다.

예를 들면 통치자들의 권한, 그들 사이의 권한의 분배, 정부 조직, 전쟁의 기술, 도시들의 규모, 기타 수많은 사항에 관해서 우리는 알 수가 없다. 물론 이런 것들은 역사가들이 생존해 있을 때 널리 알려진 사실이지만 그들이 저술에서 누락시킨 것이다.

역사가들은 세월이 지나면 도시는 멸망하고 사람들의 기억도 사라지며, 역사를 기술하는 유일한 목적은 기억을 영원히 보존하는 데 있다는 점을 명심했어야 마땅하다.

그런 점을 명심했더라면 그들은 당대의 사람들과 마찬가지로 먼 훗날 태어날 사람들도 그런 일들을 직접 눈으로 보듯이 알 수 있도록 더욱 세심한 주의를 기울여서 기록했을 것이다. 그렇게 하는 것이 역사를 기술하는 진정한 목적이다.

144

베네치아 공화국이 가톨릭 국가의 국왕을 저버리고 프랑스 국왕과 동맹을 맺었다는 소식을 나는 스페인에 머물고 있을 때 들었다.

그때 스페인 국왕의 비서실장 알마차노가 '실이란 가장 약한 곳이 끊어지게 마련'이라는 취지의 카스티야 지방의 속담을 내게 들려주었다. 가장 약한 자가 외부의 압력을 가장 심하게 느낀다는 것이다.

사람이란 어떤 행동을 할 때 이성의 판단이나 다른 사람에 대한 배려 따위는 돌보지 않게 마련이다. 오히려 각자 자기 이익을 챙기려고 할 뿐만 아니라, 가장 약한 자가 손해를 보도록 하는 데는 모두 찬성한다. 왜냐하면 그들은 가장 약한 자에 대해서는 조금도 두려워할 필요가 없기 때문이다.

자기 자신보다 더 강한 자를 상대하지 않으면 안 될 경우에는 항상 이 속담을 기억하라. 이것은 매일 벌어지는 현실에 직결되는 것이기 때문이다.

145

인생이 짧은 것은 사실이다. 그러나 시간을 무익하게 낭비하지 않고 유용하게 잘 활용할 줄 아는 사람에게는 항상 시간이 넉넉한 법이다.

왜냐하면 사람의 능력이란 매우 넓은 범위에 미칠 수 있는 것이고 유능하고 단호한 의지를 가진 사람은 많은 일을 성취하게 될 것이기 때문이다.

146

앞으로 다가올 시련을 걱정하느라 행복을 마음껏 누릴 수 없는 사람이 가장 불행하다.

147

승리가 정의로운 대의명분에 달려 있다고 생각하는 것은 큰 잘못이다. 우리는 현실에서 날마다 그 반대의 경우를 보고 있다. 승리를 가져오는 것은 정의가 아니라 현명함, 군사력, 그리고 행운이다.

하느님께서 정의로운 대의명분에 승리를 주신다는 신앙에 기초를 둔 일종의 확신을 정의가 심어 주는 것은 사실이다. 그런 신앙이 사람을 더욱 열성적이고 완강하게 만들고 그 결과 때로는 승리를 가져오기도 한다.

이런 식으로 정의로운 대의명분은 간접적으로 유익할지는 모른다. 그러나 직접적으로 유익한 수단이 될 수 있다고 믿는 것은 큰 잘못이다.

148

전쟁을 매우 짧은 기간에 끝낼 수도 있는 사람들이 그 전쟁을 오래 끄는 경우가 많다.

필요한 군수품이 도착하거나 사태가 충분히 무르익기를 기다리지 않기 때문에 그들은 쉽게 마무리 지을 수 있었을 일도 어렵게 만든다.

하루라는 시간을 벌기 위해서 그들은 한 달 이상을 무익하게 낭비하는 경우도 많다. 더욱이 그들이 무슨 일이든 서두를 때는 더 큰 피해를 입게 될지도 모른다.

149

전쟁이 계속되는 동안 비용의 지출에 인색하게 구는 사람은 결국 더 많은 비용을 지출하고 마는 법이다. 전쟁보다 더 많은 비용이 드는 사업은 없기 때문이다.

비용을 많이 쓰면 쓸수록 전쟁을 더 빨리 끝낼 것이다. 돈을 아끼기 위해서 전쟁 비용을 충분히 지출하지 않는다면 전쟁은 길어지게 되고 오히려 결국은 더 많은 비용이 들어가고 만다.

따라서 충분한 거액의 현금을 마련해 두지도 않고 비용 지출에 인색하게 굴면서 전쟁을 하는 것처럼 위험한 짓은 없다.

그런 짓은 전쟁을 끝내는 것이 아니라 오히려 전쟁을 더 길게 끄는 것이다.

150

상대방에게 모욕을 주었다면 그를 신뢰하지도 말고 그에게 의지하지도 마라. 성공하는 경우 그에게 이익과 명예를 주는 사업이 있다고 해도 그와 함께 하지 마라.

받은 모욕에 대한 기억이 너무나도 생생해서 자기가 손해를 보는 한이 있어도 반드시 복수를 하려는 사람들이 있다.

그런 사람들은 자기 이익보다 복수에서 더 큰 만족감을 느끼거나 증오에 눈이 멀어서 자신의 명예와 이익을 더 이상 돌볼 수가 없기 때문이다.

이 격언을 명심하라. 이것을 잊고 일을 망치는 사람이 우리 주위에는 너무 많다.

151

내가 앞에서 군주들에 관해서 한 말은 당신이 상대하지 않으면 안 되는 일반 사람들에게도 적용된다. 그들이 마땅히 해야만 하는 일이라고 이성이 지적하는 것에 대해서는 그다지 신뢰하지 마라.

오히려 그들의 본성과 습관에 비추어 이러저러한 행동을 할 것이라고 확신할 수 있는 것을 항상 유심히 살펴보라.

152

새로운 사업에 뛰어들기 전에 먼저 최대한으로 조심하라. 일에 일단 뛰어들고 나면 계속하지 않으면 안 되기 때문이다.

일에 휘말리고 나면 심한 어려움에 부딪치게 된다. 그런 사태를 조금이라도 미리 눈치챘더라면 당신은 그 일에 손을 대기는커녕 아예 멀리 달아나 버렸을 것이다.

그러나 착수한 이상 뒤로 물러설 수는 없다. 이러한 상황이 가장 자주 벌어지는 경우는 개인간의 싸움, 당파들의 대결, 그리고 전쟁이다.

이러한 일들이나 다른 어떠한 일에 뛰어들기 전에 아무리 깊이 심사숙고하거나 최대한의 조심을 한다고 해도 지나친 것은 결코 없다.

153

대사들이란 자기가 섬기는 군주의 편을 드는 것처럼 보이는 경우가 많다. 그래서 그들은 부패했다거나 보상에 눈독을 들인다거나 아니면 적어도 군주의 총애와 친절에 눈이 멀었다고 의심을 받는다.

그러나 대사들이 그런 행동을 하는 이유는 그들이 자기 군주의 일을 항상 염두에 두고 있고, 다른 사람들보다 자기가 군주의 일을 더 잘 알고 있다고 여겨서 자기 자신의 중요성을 스스로 과대평가하기 때문인지도 모른다.

그러나 대사를 파견한 군주의 입장은 전혀 다르다. 그는 멀리 떨어져 있기 때문에 모든 것을 골고루 더 잘 살펴볼 수가 있다.

자기 신하의 잘못을 재빨리 찾아내는가 하면 판단이 틀려서 저질러졌을지도 모르는 잘못도 신하가 악한 탓으로 돌리는 경우도 많다.

대사가 되고 싶다면 이 점을 분명히 깨달아야만 한다. 이것은 대단히 중요한 것이기 때문이다.

154

군주는 비밀이 무한히 많다. 그가 세심하게 살펴서 처리해야만 할 일도 무한히 많다. 따라서 군주의 행동을 그때그때 즉각적으로 판단하는 것은 성급한 짓이다.

군주가 이러한 이유 때문에 행동한 것이라고 당신이 생각할 때 사실 군주는 다른 이유 때문에 행동한 경우도 대단히 많다.

당신은 군주의 행동이 우연이나 현명하지 못한 생각에서 나온 것이라고 생각할지라도, 그것은 사실 교묘한 통치 기술과 깊은 지략에서 나온 것이다.

155

세부적인 사항을 모두 잘 알지 못하는 사람은 판단을 잘 내릴 수가 없다는 말이 있다. 그러나 나는 판단력이 모자라는 사람이 세부적인 사항들을 모른 채 개략적인 내용만 파악했더라면 한층 더 현명한 판단을 내렸을지도 모르는 경우를 자주 보았다.

그런 경우 그는 일반적인 수준에서 적절한 결론을 내리게 되는 경우가 많다. 그러나 자세한 내용을 알고 나면 판단이 헷갈리고 만다.

156

나는 행동할 때 언제나 단호한 태도를 취해 왔다. 그러나 중대한 결정을 내리자마자 내가 취한 입장에 대해서 약간 유감인 경우가 많았다. 다시 결정을 내려야만 한다면 내가 종전과 다른 결정을 내렸을 것이라고 생각해서 유감을 품은 것은 아니다.

이유를 들자면 그것은 오히려 내가 결정을 내리기 전에 어느 쪽을 취하든 직면할 어려움을 미리 눈에 그려 보았기 때문이다.

그리고 일단 한 가지 입장을 선택했으니까 내가 선택하지 않은 쪽의 어려움에 관해서는 더 이상 걱정할 필요가 없는 반면에 선택한 쪽의 어려움에 대해서만 의식하기 때문이다.

그런데 다른 어려움과 비교할 때는 작게 보이던 그 어려움이 일단 입장을 선택하고 나서는 더 크게 보이는 것이다. 이러한 갈등에서 벗어나려면 선택하지 않았던 입장의 어려움을 모두 머릿속에서 항상 되새겨 보는 것이 현명한 방법이다.

157

남을 의심하고 불신한다는 평판을 얻는다는 것은 분명히 바람직하지 않다. 그러나 사람이란 너무나도 허위와 음모가 많고 속이기를 잘 하고 교활하며 자기 이익에만 집착하고 남의 이익은 전혀 돌보지 않는다.

따라서 남을 믿지 않을수록 또 그들을 신뢰하지 않을수록 당신은 실패하는 일이 더욱 적을 것이다.

158

훌륭한 명성을 얻으면 당신은 그 명성에서 오는 혜택을 어디서나 볼 수가 있다. 그러나 눈에 보이지 않는 혜택에 비하면 그것은 그리 크지 않다.

눈에 보이지 않는 혜택이란 그 이유를 당신도 모르고 있을 때 저절로 오는 것이고 사람들이 당신에 대해서 품는 호감 때문에 오는 것이다. 훌륭한 명성이 엄청난 재산보다 더 가치가 있다는 말은 옳다.

159

나는 단식과 기도, 기타 가톨릭 교회가 명령하거나 수도자들이 권고하는 다른 경건한 일들에 대해서 비판할 생각은 없다. 그러나 가장 큰 선행이란 아무도 해치지 않고 자기 능력이 미치는 한 최대한으로 누구나 도와주는 것이다. 이것에 비하면 다른 것은 모두 하찮은 것이다.

160

우리가 언젠가는 반드시 죽을 것이라는 사실을 알고 있으면서도 영원히 살 것이라고 확신하기라도 하듯이 현재 살아가고 있다는 것은 정말 놀라운 일이다.

이것이 눈에 보이지 않는 먼 미래의 일보다는 현재 눈에 보이고 감각을 자극하는 사물들에 우리가 더 좌우되기 때문에 그런 것이라는 말을 나는 믿지 않는다.

왜냐하면 죽음은 가까이 있는 것이고 또 우리는 죽음이 언제나 그 모습을 드러내고 있다는 것을 일상체험으로 알고 있기 때문이다.

내가 보기에 사람들이 영원히 살 것처럼 살아가고 있는 이유는 대자연이 이 세상이라고 하는 거대한 장치의 궤도 또는 순서에 따라서 우리가 살아가기를 원하기 때문이다.

이 세상이 무기력하고 무감각하게 되기를 원하지 않기 때문에 대자연은 우리에게 죽음에 대해서 생각하지 않을 수 있는 능력을 주었다. 우리가 날마다 죽음만 생각하고 있다면 이 세상은 게으름과 무기력으로 가득 찰 것이다.

161

사람의 목숨이란 각종 우연, 질병, 기회, 재앙에 무수한 방식으로 좌우된다. 그리고 한 해의 추수를 잘하기 위해서는 무수한 여건이 잘 조화되어 작용해야만 한다.

이런 모든 것을 고려해 보면 나는 노인을 볼 때 가장 크게 놀란다. 노인은 바로 인생의 풍년인 것이다.

162

나는 전쟁이나 수많은 중대한 일에 있어서 이미 너무 늦었다는 이유로 필요한 준비를 포기하는 경우를 많이 보았다. 그러나 나중에 보면 그때부터 준비를 시작해도 늦지 않았고 또한 준비를 포기한 것이 엄청난 피해를 초래했다는 사실이 분명히 드러나고는 했다.

이러한 실책이 저질러지는 이유는 일의 진행이 일반적

으로는 계획보다 더디게 이루어지기 때문이기도 하고, 반드시 한 달 안에 마쳐야만 한다고 보이는 일을 석 달이나 넉 달이 걸려도 해낼 수가 없는 경우가 너무나도 많기 때문이다. 이 충고는 누구나 꼭 명심하지 않으면 안 된다.

163

"직책이란 그것을 맡은 사람의 사람됨을 잘 드러낸다."고 한 옛사람들의 말은 참으로 옳은 것이다. 다른 그 무엇보다도 권한과 책임을 어떤 사람에게 부여해 보면 그 사람의 자질과 사람됨을 가장 잘 알 수가 있다.

말은 번드르르하게 잘 하면서도 일을 어떻게 처리할지 전혀 모르는 사람이 많다. 광장이나 시장에서 만나 볼 때는 대단한 인물처럼 보이던 사람이 일단 고용해서 부려 보면 허수아비에 불과한 경우가 너무 많다.

164

행운을 만난 사람에게는 바로 그 행운 자체가 그를 가장 심하게 해치는 원수인 경우가 많다. 행운이 그를 사악하거나 경솔하고 오만하게 만들기 때문이다. 따라서 불운을 잘 견디는 능력보다는 행운을 현명하게 활용하는 능력이 훨씬 더 중요하다.

165

군주나 주인은 자기 신하들이나 하인들이 필요로 하는 것, 그들의 야심과 행동을 직접 다루어야 하기 때문에 그들에 관해서 그 누구보다도 더 잘 알고 있는 것처럼 보인다. 그러나 사실은 그 반대의 경우가 더 옳다.

왜냐하면 신하들이나 하인들은 다른 사람들을 상대할 때는 매우 솔직하지만 자기 군주나 주인을 대할 때는 최대한으로 조심하고 자기 성격과 생각을 감추기 위해 온갖 수단을 다 동원하기 때문이다.

166

도시뿐 아니라 다른 어떤 목표물을 공격하는 지휘관이 적이 고안해낼 수 있는 방어 수단을 모조리 예측할 수 있다고는 생각하지 마라.

물론 공격에 나서는 지휘관이 유능하다면 그는 방어하는 적이 사용할 일반적인 방어 수단을 당연히 예측할 것이다.

그러나 극도의 위험과 필요성 때문에 방어군의 지휘관은 너무나도 엉뚱한 방어 수단을 찾아낼 수도 있다. 그것은 그 지휘관과 똑같은 상황에 놓이지 않으면 아무도 생각해낼 수가 없는 것이다.

167

나는 이 세상에서 가장 해로운 것이 경솔함이라고 본다. 상대방이 얼마나 사악하고 위험하고 해로운 사람인지에 상관없이, 경솔한 사람은 쉽게 그에게 이용당하는 도구가 된다. 따라서 화재현장에서 불을 피해 달아나듯이 경솔한 사람으로부터 달아나라.

168

어떤 사람이 악의 때문에 나를 해치려고 하는 것과 무지 때문에 해치게 되는 것 사이에 무슨 차이가 있는가? 사실 무지 때문에 해치게 되는 것이 더 위험하다.

악의는 적어도 거기에 확실한 목적이 있고 그 나름대로 법칙에 따라서 작용하며, 그 결과 원래 노리던 것만큼 피해를 항상 주는 것은 아니기 때문이다. 그러나 무지는 목적도 법칙도 기준도 없어서 미친 듯이 날뛰고 맹목적으로 달려드는 것이다.

169

공화국, 과두체제, 군주체제 등 어떤 형태의 나라에서 살든 당신은 자신이 계획하는 것을 모두 달성하기란 불가능하다는 것을 철칙으로 삼아라. 그러니까 한 가지 계획에 실패한다고 해서 불같이 화를 내거나 반란을 일으키려는 음모를 시작하지는 마라.

적어도 현상유지 상태에서 당신이 아직도 얻을 이익이 많이 있는 한 그렇게 해서는 안 된다. 그런데도 당신이 반란을 시도한다면 당신 자신이 위태롭게 되고 어쩌면 도시 전체마저도 큰 위험에 몰아넣을지도 모른다.

그리고 결국에 가서는 당신의 처지가 한층 더 위험하게 되고 말 뿐이다.

170

군주들의 처지는 행복하다. 그들은 자신이 마땅히 짊어져야 할 짐을 다른 사람들에게 매우 손쉽게 떠넘길 수 있다.

자신이 실책을 범하고 잘못을 저질러서 그 책임을 당연히 지지 않으면 안 되는데도 그것을 자기 주위 사람들이 그릇된 조언을 하거나 부추겨서 그렇게 된 것이라고 언제나 둘러댄다.

그것이 통하는 이유는 사람들이 그렇게 믿도록 군주들이 열심히 노력한 결과 때문이 아니라 사람이란 멀리 떨어진 사람보다는 가까이 있는 사람을 더 미워하고 비방하려는 속성이 있기 때문이다. 사람이란 가까이 있는 사람에게 더 쉽게 복수할 수 있다고 생각하는 것이다.

루도비코 스포르차 공작은 군주와 석궁은 똑같은 법칙에 따라서 시험해 볼 수 있다고 자주 말했다.

석궁의 성능은 화살을 쏘아 보면 안다. 마찬가지로 군주가 유능한지 여부는 그가 파견하는 사람들의 능력을 보면 알 수 있는 것이다.

따라서 우리는 피렌체가 프랑스에는 카르두치를, 베네치아에는 괄테로티를, 시에나에는 바르디를, 페라라에는 발레오토 주니를 동시에 대사로 파견한 것을 볼 때 피렌체 정부가 대개 어떠하였는지를 짐작할 수 있다.

172

군주는 자기 자신을 위해서가 아니라 나라 전체의 이익을 위해서 그 자리에 있는 것이고 그가 거두는 세금과 돈은 신하들과 백성의 편안한 삶을 위해서 쓰여야만 하는 것이다.

따라서 인색함은 시민 개인의 경우보다 군주의 경우에 더 심한 증오의 대상이 된다. 재산을 긁어모으기만 하는 군주는 그 재산의 주인이 아니라 수많은 사람의 이익을 위해서 그것을 관리하는 역할을 맡았을 뿐인데도 혼자 독차지하기 때문이다.

173

인색한 군주보다는 마구 낭비하는 군주가 더 해롭고 한층 더 심하게 미움을 받는다. 낭비하는 군주는 많은 신하들의 재산을 빼앗을 수밖에 없고, 신하들은 인색한 군주에게서 아무것도 받지 못하는 것보다 더 큰 피해를 받는 상태에 놓이기 때문이다.

그런데 대중은 인색한 군주보다 낭비하는 군주를 더 좋아하는 듯이 보인다. 낭비하는 군주가 수많은 사람의 재산을 빼앗으면서도 극소수의 사람에게만 혜택을 주는데도

불구하고, 사람이란 두려움보다는 기대감을 더 많이 품게
마련이기 때문이다.

자기만은 재산을 빼앗기는 많은 사람 가운데 하나가 되
기보다는 혜택을 받는 극소수에 포함될 것이라고 기대하
는 것이다.

174

군주나 다른 통치자들의 호감을 사는 데 필요한 일이라
면 당신의 힘이 미치는 한 무엇이든지 하라.

당신이 아무런 죄를 짓지 않았고, 평화와 질서를 사랑하
며 어떤 종류의 음모든 절대로 참여하지 않는 기질을 지녔
다고 해도, 통치자가 마음먹는 데 따라서 당신의 운명이
결정되는 사태가 불가피하게 벌어질 것이다.

그런데 통치자가 당신에 대해서 그리 달갑지 않게 여긴
다면 그는 무수한 방법으로 당신을 해칠 수가 있는 것이다.

175

통치자나 나라의 권력을 행사하는 자리에 앉은 사람은 개인적인 일로 자기를 해친 사람에 대해 증오심을 드러내거나 복수하는 일이 없도록 매우 조심하지 않으면 안 된다. 개인적으로 받은 피해나 모욕에 대해서 공권력을 행사한다면 그는 심한 비난을 받게 되기 때문이다.

그는 인내심을 가지고 때를 기다려야만 한다. 그러면 사람들의 원한을 사지도 않고 정당한 방법으로 자신의 목적을 달성할 수 있는 기회가 반드시 찾아오게 마련이다.

176

당신이 승리하는 쪽에 항상 끼어 있게 되기를 하느님에게 기도하라. 승리하는 쪽에 붙어 있으면 당신은 심지어 아무런 역할을 하지 않은 일에 대해서조차 덩달아서 칭찬을 받을 것이기 때문이다.

반면에 당신이 패배하는 쪽에 붙어 있다면 당신이 전혀 관여하지도 않은 일에 대해서까지 무수한 비난을 받게 될 것이다.

177

피렌체 사람들은 너무나도 어리석어서 나라를 뒤흔드는 소동을 일으킨 사람들을 처벌하려는 노력을 거의 언제나 하지 않고 있다. 오히려 그들이 무기를 버리고 항복하기만 하면 사면해 주려고 온갖 노력을 다 기울이고는 한다.

이런 식으로는 오만한 무리를 진압하기는커녕 오히려 양순하던 시민들을 난폭한 폭도로 키워 주고 만다.

178

산업과 상거래는 수많은 사람이 그것이 얼마나 큰 이익을 가져오는 것인지 미처 깨닫기도 전에 이미 최고도로 번창하게 마련이다.

일단 최고조로 번창하게 되면 격심한 경쟁 때문에 이익이 줄어들어 그때부터 쇠퇴하기 시작한다. 따라서 무슨 일이든 남보다 먼저 일찍 착수하는 것이 현명하다.

179

젊었을 때 나는 오락, 댄스, 노래, 기타 다른 여흥들을 즐기는 것이 대수롭지 않다고 무시해 버렸다. 심지어는 글쓰기, 승마, 멋진 옷차림 등을 우습게 여기고 배우려 하지 않았다. 그러나 나중에는 후회했다.

젊은이가 이런 일에 능숙해지기 위해서 너무나 많은 시간을 보내는 것은 현명하지 않지만, 내 경험에 비추어 볼 때 그런 솜씨나 치장이 심지어는 고위층 인사들에게도 위엄과 명성을 가져다주는 것이었다. 그런 것을 갖추지 못한 사람은 뭔가 중요한 것을 가지지 못한 사람이라고까지 말할 수 있을 정도이다.

더욱이 이런 종류의 오락이나 치장에 능숙하면 군주들의 호감을 사는 길이 열리고 막대한 이익과 높은 지위마저도 얻을 수가 있다. 이 세상이나 군주들이란 항상 이상적인 상태에 있는 것이 아니라 현실에서 보이는 그대로일 뿐이기 때문이다.

180

전쟁을 시작하는 사람의 가장 해로운 적은 그가 쉽게 승리할 것이라고 믿는 확신이다. 아무리 승리가 확실하고 또 손쉽게 얻을 수 있게 보인다고 해도 전쟁이란 수많은 우연한 사태에 좌우되는 법이기 때문이다.

그리고 우연한 사태들이 초래하는 혼란은 이런 것을 미리 예측하여 마음의 준비를 하고 또 자기 군사력을 거기 대비시키지 못한 사람을 한층 더 우왕좌왕하게 만들 것이다.

전쟁이 매우 어려운 사업이라고 처음부터 생각한 사람이라면 충분한 대비를 했어야만 하는 것이다.

181

나는 교황청 국가의 공직자로서 11년 동안 계속해서 근무했고 직속 상관들과 백성들의 호감을 많이 샀다. 따라서 1527년에 로마가 황제 군대에게 점령당하고 메디치 가문이 피렌체에서 권력을 잃고 쫓겨나는 일만 없었어도 나는 교황청 국가에서 더 오래 근무했을 것이다.

거기서 근무하는 동안 내 지위를 가장 확실하게 보장해 준 수단은 내가 지위의 유지를 별로 대수롭지 않게 생각하는 그 태도였다.

그런 생각이 있었기 때문에 나는 지위를 잃을까 두려워하거나 비굴하게 굴지 않은 채 내 임무를 정확하게 완수할 수 있었다. 그렇게 하니까 오히려 나의 명성이 크게 올라갔다.

그리고 그러한 명성을 얻은 결과 친분관계나 우정이나 다른 어떤 인간관계에서 얻을 수 있었던 것보다 훨씬 더 후한 대접과 영광이 내게 돌아온 것이다.

182

현명한 사람들이 어떤 중대한 결정을 내리지 않으면 안 될 때 그들은 언제나 사태의 진전 방향을 두세 가지로 나누어서 깊이 생각해 본다는 사실을 나는 관찰해 왔다.

그리고 그들은 한 가지 방향만은 불가피한 것이라고 여기고 결정을 내린다. 그러나 이런 식으로 결정하는 것은 매우 위험하기 때문에 조심해야 한다.

많은 경우에, 심지어는 대부분의 경우에, 사태는 전혀 예상하지도 못했던 세 번째 또는 네 번째 방향으로 전개되고 이미 내린 결정은 그런 사태에 맞지 않는 것이 될 것이다.

따라서 어떤 사태든지 예측하지 못한 방향으로 전개되기가 쉽다는 점을 항상 명심한 채 가능한 한 안전한 쪽으로 결정을 내리도록 하라. 불가피하게 필요한 경우가 아니라면 행동의 자유를 제한하지 마라.

183

어느 도시나 어느 나라나 어느 권력이나 언젠가는 파멸하고 만다. 모든 것은 자연히 또는 우연히 언젠가는 소멸한다.

따라서 쇠망의 마지막 단계에 놓인 도시에 살고 있는 시민은 그 도시의 멸망을 한탄할 필요가 없고 자기 자신의 신세를 한탄하는 것이 더 낫다. 그 도시에 일어난 일은 불가피한 것이었다. 그러나 멸망을 앞둔 도시에서 그런 시기에 태어난 것은 그의 불행이었다.

184

유쾌하고 화기애애한 분위기에서 다른 사람들과 대화하거나 토론하는 것을 나는 말릴 생각이 없다. 그러나 불가피한 경우가 아니라면 자신의 개인적인 문제에 관해서는 이야기를 꺼내지 않는 것이 현명하다.

개인적인 문제에 관해서 이야기할 때라도 당신의 주장이나 달성하려는 목적에 필요한 것 이상으로는 이야기하지 말고 최대한으로 감추어 두어야만 한다.

필요 이상으로 떠벌리는 것이 더 재미있을지는 몰라도 필요한 것만 이야기하는 것은 한층 더 유익하다.

185

사람이란 다른 사람이 돈을 헤프게 쓰고 후하게 베풀며 크게 혜택을 줄 때 그를 항상 칭찬한다. 그러나 자기 자신의 생활에서는 전혀 반대되는 태도를 취한다.

따라서 돈을 쓸 때 당신은 자기 처지에 맞게 써라. 그리고 그 지출 비용이 정직하고 합리적인 방법으로 가져다 줄 이익을 먼저 계산하라.

일반대중의 말과 의견에 좌우되거나 그들의 칭찬을 받고 명성을 얻으려는 기대감 때문에 함부로 돈을 써서는 안 된다. 어쨌든 사람이란 자기가 해서는 안 된다고 생각하는 일을 다른 사람이 할 때 그를 칭찬하지 않게 마련이다.

186

절대적이고 고정된 행동 원칙을 항상 지킬 수는 없다. 비밀로 감추어 두어야 마땅한 일에 관해서 다른 사람들에게 솔직하게 털어놓는 것은 현명하지 못하다. 심지어는 가까운 친구들에게 털어놓는 것도 그러하다.

반면에 당신이 비밀을 털어놓지 않고 있다고 친구들이 눈치채도록 이야기한다면 그들도 당신에게 똑같은 식으로 대할 것이다. 다른 사람들이 당신을 신뢰하게 만드는 방법은 당신이 그들을 신뢰하고 있다고 생각하게 만드는 것이기 때문이다.

따라서 당신이 다른 사람들에게 비밀을 전혀 알려주지 않는다면 당신도 그들에게서 비밀을 알아낼 기회를 완전히 놓치고 만다. 다른 경우도 마찬가지이지만 당신은 상대방의 성격, 화제의 본질 그리고 주위 여건 등을 파악할 수 있어야만 한다.

여기에는 분별력이 필요하다. 분별력이란 천성적으로 타고나지 않으면 경험을 통해서 완전히 배우는 경우가 매우 드물다. 더욱이 그것은 책을 읽어서 배울 수 있는 것이 아니다.

187

모든 것을 우연에 맡기고 사는 인생은 결국에 가서 우연의 희생물이 된다는 점을 명심하라. 올바로 사는 방법은 모든 세부사항, 심지어는 가장 미세한 부분에 이르기까지 생각해 보고 검토하고 분석하는 것이다.

그렇게 한다고 해도 일을 제대로 성취하려면 엄청난 힘이 드는 법이다. 그러니 아무렇게나 우연에 맡긴 채 표류하는 사람에게 모든 일이 어떤 식으로 될지 상상해 보라.

188

한쪽의 극단을 피하기 위해서 중심에서 멀어질수록 당신은 다른 쪽의 극단으로 더욱 가까워지고 말 것이다. 다른 쪽의 극단이란 당신이 두려워하는 것이거나 한층 더 고약한 경우이다. 이와 마찬가지로 자기가 가지고 있는 것을 이용하려고 하면 할수록 그것을 더 빨리 잃어버리고 더 이상 이용하지 못하고 말 것이다.

자유를 누리는 백성들을 예로 들어 보자. 그들은 자유를 더욱 많이 누리려고 덤벼들면 들수록 자유는 한층 줄어들고 독재 체제 또는 그보다 별로 낫지도 못한 체제 아래 더욱 빨리 놓이게 될 것이다.

189

불가피한 경우 또는 자신이 대단히 유리하다고 미리 알고 있는 경우가 아닌데도 불구하고 지휘관이 군사를 이끌고 전투에 돌진하는 것은 어리석은 짓이다.

전투의 승패는 행운에 크게 좌우된다. 그리고 승패란 너무나도 중대한 문제이기 때문에 패배의 위험을 함부로 무릅써서는 안 된다.

190

자신이 원하던 수준의 인물이 되지 못한 사람들을 위로하기 위해서 "네 앞을 보지 말고 뒤를 돌아다보라."는 속담이 있다.

다시 말하면 당신보다 더 못한 처지에 있는 사람이 얼마나 많은지 살펴보라는 것이다. 이 속담은 참으로 옳은 말이고, 사람들이 자기 운명에 만족하도록 만들어 주기에 마땅하다.

그러나 액면 그대로 받아들이기가 매우 어려운 말이기도 하다. 왜냐하면 우리 얼굴이란 억지로 뒤를 돌아보지 않는 한, 원래부터 항상 앞만 보게 만들어져 있기 때문이다.

결정을 내리는 데 시간을 오래 *끄는* 사람들을 비난해서는 안 된다. 물론 신속한 결정이 필요한 경우가 적지 않다. 그러나 일반적으로 말하자면 신속하게 결정을 내리는 사람이 시간을 *끄는* 사람보다 더 많은 실수를 저지른다.

일단 결정을 내린 뒤에도 그 결정을 실천에 옮기는 데 시간을 *끄는* 사람이야말로 심하게 비난을 받아야 한다. 이러한 지연은 항상 해로운 것이고 우연히 덕을 보지 않는 한 결코 유익한 결과를 초래하지 못한다고 말할 수도 있다.

내 말은 당신이 경계하도록 만들려는 것이다. 게으름 때문에 귀찮은 일을 피하기 위해서 또는 다른 이유 때문에 많은 사람들이 잘못을 저지르기 때문이다.

192

　사업에 있어서 다음 내용을 격언으로 삼아라. 사업을 시작하고 방향을 제시하며 일을 진행시키는 것만 가지고는 충분하지 않다. 사업의 경과를 계속해서 살펴보고 끝까지 관여하지 않으면 안 된다. 그렇게 한다면 당신은 그 사업이 성공을 거두는 데 크게 기여할 것이다.

　그러나 이런 식으로 사업을 하지 않는 사람은 실제로는 일이 전혀 시작되지 않았거나 앞에 많은 난관이 놓여 있는데도 불구하고 사업이 성공했다고 단정하는 경우가 많다.

　사람들의 태만, 무능, 사악함이란 매우 심한 것이고 사업 자체의 성질상 수많은 장애물과 어려움이 닥치게 마련이라는 점을 명심하지 않으면 안 된다.

　이 교훈을 항상 염두에 두고 행동하라. 이 교훈 때문에 나는 자주 대단한 명예를 얻었지만 이 교훈과 반대되는 행동을 한 사람들은 불명예를 당하고 말았던 것이다.

193

군주를 해치려는 어떤 계획을 세울 때는 절대 편지로 다른 사람과 그 계획에 관하여 연락을 취해서는 안 된다. 그러한 편지들은 중간에서 가로채여서 움직일 수 없는 증거로 이용되는 경우가 많기 때문이다.

암호로 편지를 쓰는 방법이 지금까지 많이 고안되어 있기는 하지만 그런 암호를 푸는 기술도 대단히 발달한 상태이다. 그러니까 편지보다는 심복부하를 이용하는 편이 더 안전하다. 바로 이러한 이유 때문에 개인이 이러한 일에 개입하는 것은 너무나도 어렵고 또 위험하다.

왜냐하면 개인에게는 완전히 믿고 부릴 수 있는 그런 심복부하가 그리 많지 않기 때문이다. 그나마 얼마 되지 않는 심복부하들마저도 개인은 완전히 신뢰할 수가 없다.

심복부하는 군주의 총애를 얻기 위해 자기 주인을 배신할 때 잃을 것이 별로 없는 반면에 얻을 것은 너무나도 많기 때문이다.

무슨 일이든지 항상 조심스럽게 추진하지 않으면 안 된다. 그러나 너무나도 많은 어려움이 앞에 놓여 있다고 멋대로 추측한 결과 그 일이 불가능하다고 판단하여 중단해서는 안 된다.

오히려 일을 실제로 추진하다 보면 그 일이 쉬워지고 그렇게 추진하는 과정에서 어려움이 저절로 해소된다는 사실을 명심하지 않으면 안 되는 것이다.

이 말은 참으로 옳은 것이다. 그리고 사업을 하는 사람들은 날마다 이 사실을 증언해 줄 것이다. 만일 교황 클레멘스 6세가 이 사실을 명심했더라면 많은 경우에 일을 좀 더 신속하고 명예스럽게 처리했을 것이다.

195

군주의 총애를 얻으려고 하거나 자신이나 친구의 승진을 바라는 사람이 있다면 그는 그것을 군주에게 자주 그리고 직접 요청하지는 않도록 대단히 조심해야 한다.

오히려 그는 그러한 것을 교묘하게 제안하고 설명할 기회를 마련하려고 애쓰거나 기다려야 한다. 그리고 그러한 기회가 왔을 때는 우물쭈물하면서 놓칠 것이 아니라 즉시 이용해야 한다.

그렇게 한다면 그는 군주에게 별로 귀찮게 굴지 않으면서도 매우 손쉽게 자기 목적을 달성할 것이다. 더욱이 한 가지 총애를 얻고 나면 한층 더 자유롭게 다른 것을 요청하고 또 더욱 쉽게 얻을 수가 있을 것이다.

196

당신이 어쩔 수 없이 다른 사람들의 뜻대로 행동할 수밖에 없는 처지라는 것을 그들이 안다면 그들은 당신을 조금도 존중하지 않은 채 당신을 이용할 것이다.

일반적으로 사람들은 이성적 판단에 따라서 또는 당신의 공적이나 당신에 대한 자신의 의무를 고려해서 행동하기보다는 자기 자신의 이익을 도모하기 위해서 또는 자신의 사악한 본성에 따라서 행동하는 경우가 더 많기 때문이다.

그들은 심지어 자기 때문에 당신이 불운을 맞았다는 생각을 한다고 해도 그런 생각 때문에 자신의 행동을 수정하지도 않을 것이다. 따라서 불에 타지 않도록 조심하듯이 이러한 굴욕적인 처지에 놓이지 않도록 조심하라.

이 교훈을 사람들이 항상 잘 명심하고 있었더라면 국외로 추방되어 귀양살이를 하고 있는 많은 사람이 여전히 자기 집에서 살 수 있을 것이다.

군주에 대한 충성심 때문에 추방되어 자기 집에서 멀리 떨어져 있는 사람에게는 그런 상태가 전혀 도움이 되지 않는다.

오히려 그가 추방된 상태에 있는데 군주가 "저 사람은 내 곁을 떠나서는 아무런 힘도 없다."고 말하는 경우 그는 엄청난 피해만 입는 것이다. 그런 상태에서는 군주가 그를 주목하지도 않고 자기가 원하는 대로 그를 취급할 것이기 때문이다.

해결하기 매우 어렵거나 이해관계가 대립되어 있는 문제에 관해서 여러 사람을 상대해야 하는 경우에는 가능한 한 문제를 그 성격에 따라 여러 항목으로 나누어서 다루도록 하고, 첫 번째 항목이 해결되기 전에는 두 번째 항목에 관해서 말을 하지 마라.

그렇게 여러 항목으로 나누어서 다룬다면 한 가지에 대해 반대하는 사람들이 다른 항목에 관해서는 반대하지 않을지도 모른다.

반면에 복잡한 문제를 한 가지로 삼아서 다룬다면 그 일부에 관해서 불만을 품은 사람은 누구나 그 문제 전체에 대해 반대하고 말 것이다.

피렌체의 통치자 피에로 소데리니가 40인의 판사로 구성되는 최고재판소의 부활을 위한 법률을 제정하려고 할 때 문제를 이런 식으로 풀어나갔더라면 그는 그 재판소를 통해서 시민정부의 권한을 더욱 강화할 수도 있었을 것이다.

이 교훈은 나라의 공무를 처리할 때뿐만 아니라 개인적인 일을 원만하게 처리하는 데도 똑같이 유용한 것이다. 다른 사람들이 쓴 약을 단숨에 삼키게 하지 않고 조금씩 여러 모금으로 나누어서 마시게 하는 것이다.

198

공무든 개인적인 일이든 무슨 일에 있어서나 성공이란 그 일을 어떻게 다루는가에 달려 있다. 나의 이 말은 반드시 믿어야 한다. 당신 사업의 성패는 그것을 어떤 식으로 다루는가에 좌우되는 것이다.

199

당신의 속셈을 위장하거나 감추려고 할 때는 속에 품은 의도와 정반대되는 것을 원하는 것처럼 보여주도록 항상 애쓰지 않으면 안 된다. 여기에는 가장 그럴듯하면서도 신빙성이 큰 이유를 내세워야 한다.

합리적인 것이 무엇인지 당신이 알고 있다고 사람들이 생각하게 되면 그들은 당신의 결정이 이성의 지시에 따라 내려진 것이라고 쉽게 믿을 것이다.

200

당신의 계획에 대해 반대할 것이 뻔한 사람을 지지자로 만드는 방법의 하나는 그를 그 계획의 지도자로 삼아서 자신이 그 계획을 고안해 냈거나 집행하는 사람이라고 스스로 여기도록 만드는 것이다.

경솔한 사람은 이런 수단에 일반적으로 넘어가고 만다. 이런 수단은 그의 허영심을 만족시켜 주고 그런 만족이 그에게는 실질적인 이익보다 더 중요하기 때문이다.

201

무슨 일에 있어서나, 특히 재산이나 권력에 관한 일에서는 선한 사람보다 악한 사람이 더 많다고 말한다면 악의에서 나왔거나 의심이 너무 많아서 하는 말이라고 들릴지도 모른다. 나는 이 말이 틀린 말이기를 간절히 바라지만 현실에서는 결코 틀린 말이 아니다.

따라서 당신 자신의 경험에 비추어서 또는 완전히 믿을 수 있는 사람들의 보증에 따라서 상대방을 선한 인물로 믿는 경우가 아니라면, 누구를 상대하든 눈을 똑바로 뜨고 대하는 것이 현명하다.

상대방을 의심한다는 평판을 얻지 않으면서 그렇게 할

수만 있다면 더욱 당신에게 유익하다. 그러나 가장 중요한 점은 상대방을 믿어도 된다는 확신이 없는 경우에는 아무도 믿어서는 안 된다는 것이다.

202

복수를 당하는 쪽이 누가 자기를 해치는지 모르도록 하는 식으로 당신이 복수를 한다면 그것은 증오나 원한에서 나오는 복수라고밖에는 말할 수 없다.

차라리 공개적으로 복수하여 누가 복수를 하는 것인지 모든 사람에게 알리는 것이 한층 더 정직한 행동이다. 그렇게 하면 당신은 증오나 복수심 때문이 아니라 명예를 위해서 그런 조치를 취했다는 말을 들을 수 있을 것이기 때문이다.

다시 말하면 당신이 모욕을 당하고도 가만히 있을 사람이 절대로 아니라는 점을 모든 사람에게 알리기 위해서 그런 행동을 한 것이 된다.

203

군주는 신하들에게 지나치게 많은 자유를 주지 않도록 조심해야만 한다. 사람이란 원래 아무리 자유를 많이 누려도 현재의 상태에 만족하지 못하고 항상 더 많은 자유를 추구하게 마련이기 때문이다. 자유에 대한 욕구는 풍족한 생활이나 군주에게서 받은 혜택에 대한 기억보다 한층 더 강한 것이다.

204

윗사람이 아무리 철저히 금지해도 정부의 관리들은 공금을 훔칠 것이다. 나는 매우 정직하게 근무했다. 그러나 온갖 노력을 기울이고 좋은 본보기를 보여 주었는데도 불구하고 내 밑에서 일하는 행정관들과 다른 관리들의 도둑질을 막지는 못했다.

그 이유는 모든 일에서 돈이 매우 쓸모가 있고 오늘날에는 선한 사람보다는 부자가 한층 더 존경을 받기 때문이다. 또 다른 이유는 군주들의 무지 또는 배은망덕 때문이다. 그들은 사악한 짓을 저지르는 자들에게 관용을 베푸는가 하면, 자신을 제대로 섬기지 못한 신하들보다 제대로 충실하게 섬긴 신하들을 더욱 후하게 대우하지 않는 것이다.

205

나는 두 번이나 군대의 고위 직책을 맡아서 매우 중대한 전쟁에 참가했다. 그 결과 나는 이러한 교훈을 얻었다.

즉, 고대의 군대에 관한 기록을 나는 대부분이 사실이라고 믿기는 하지만, 만일 그런 기록이 정말 사실이라고 한다면, 오늘날의 우리 군대는 고대의 군대와 비교하면 아무것도 아니라는 것이다.

현재 군대의 지휘관들은 용기도 작전 능력도 없다. 그들은 도시의 큰 거리를 걸어가기라도 하듯이 전략도 전술도 없다.

첫 번째 전쟁의 사령관인 프로스페로 콜론나가 나에게 내가 과거에 한 번도 전쟁에 참가한 적이 없다고 지적했을 때, 나는 미안하지만 그 전쟁에서 아무것도 배운 것이 없다고 매우 신랄하게 대꾸했다.

206

의사들에게 몸을 맡겨서 치료를 받는 것이 더 나은지 아니면 로마인들이 오랫동안 해온 것처럼 아예 치료를 받지 않는 것이 더 좋은지에 관해서 나는 논의하고 싶지 않다.

치료 자체가 매우 어려울지도 모른다. 또는 의사들이 환자의 사소한 증세마저도 예리하고 세심하게 관찰하기는커녕 자기 의무를 소홀히 하는지도 모른다.

그러나 한 가지 분명한 사실은 오늘날의 의사들이 일반적으로 흔한 질병 이외의 것에 관해서는 그 치료법을 전혀 모르고 있다는 것이다. 그들이 배운 의술이란 고작해야 사흘 만에 열을 내려 주는 것뿐이다.

그러나 증세가 그 이상으로 매우 심하게 악화되면 치료법을 모르기 때문에 아무렇게나 환자를 다룬다. 더욱이 그들에게는 야심이 있고 또 자기들끼리 경쟁이 심하다.

그래서 의사들이란 양심도 양심의 가책도 없는 몹쓸 인간인 것이다. 그들은 자기가 저지른 잘못을 다른 사람이 증명하기가 매우 어렵다는 사실을 잘 알고 있다.

그래서 자기 명성을 높이기 위해 또는 자기 동료 의사들을 깎아 내리기 위해서 환자의 몸을 날마다 해부실험용으로 이용하고 있다.

207

　점성술이 미래를 알아맞히는 학문이라고 믿는다면 그것은 미친 짓이다. 그런 학문은 철저히 허위이거나 아니면 그 학문이 성립하기 위해 필요한 미래의 일은 사람의 힘으로는 도저히 알아낼 수 없는 것이다.

　그러나 결과는 두 가지 경우 모두 같다. 즉, 점성술로 미래를 알아낼 수 있다는 생각은 헛된 꿈에 불과한 것이다. 점성술사들은 자기도 모르는 일에 관해서 지껄인다. 그들의 말은 우연히 맞는 경우 이외에는 절대로 맞을 수가 없다.

　점성술사가 하는 말과 일반인이 아무렇게나 하는 말을 비교하면 일반인의 말이 우연히 들어맞을 확률이나 점성술사의 말이 맞을 확률은 똑같다.

208

법률을 다루는 학문의 현상은 가관이다. 사건의 한쪽 당사자가 매우 설득력 있는 주장을 하는 반면 다른 쪽에서는 그 문제에 관해서 저술을 한 학자의 권위를 내세운다면, 사람들은 학자의 권위에 더 많은 무게를 두는 것이다. 그래서 실제 변론에 종사하는 변호사들은 학자들의 저서란 저서는 모조리 읽지 않으면 안 된다.

그 결과 그들은 논리의 전개를 연구하는 데 써야 마땅한 시간을 법률 서적을 읽는 데 소모해 버린다.

그런데 이러한 독서는 정신과 몸을 너무나도 피곤하게 만들기 때문에 그것은 고등교육을 받은 사람이 하는 일이라기보다 짐꾼의 노동이나 마찬가지가 되었다.

209

신속하게 그리고 거의 건성으로 판결을 내리는 터키식의 재판이 그리스도교 국가에서 하는 재판에 비해 별로 나쁘지도 않다는 생각이 든다.

그리스도교 국가의 재판은 시간과 비용이 너무나도 많이 들고 소송 당사자들을 너무나도 지치게 만들어서 재판에서 이기는 쪽조차 차라리 소송 첫날에 지는 것이 더 이익이라고 깨달을 정도이기 때문이다.

더욱이 터키식 판결이 아무렇게나 내려진 것이라고 가정한다 해도 그 절반은 올바른 것이 될 것이다. 그러나 유럽 판사들의 무지와 악의에 비추어 볼 때 터키의 판결이 유럽의 판결보다 더 부당한 경우는 거의 없을 것이다.

210

'적게 그리고 좋게'라는 속담이 있다. 말을 많이 하거나 글을 길게 쓰는 사람이 되지도 않는 헛수작을 잔뜩 늘어놓지 않기란 불가능하다. 반면에 잘 소화해서 간결하게 표현하는 경우는 거의 없다. 따라서 참고자료를 산더미처럼 모으는 것보다는 나의 이 교훈들 가운데 가장 핵심적인 것만 잘 명심하는 편이 더 나을 것이다.

우리가 일반적으로 정령이라고 부르는 것들, 즉 사람들과 친밀하게 대화하는 그런 정령들이 존재한다는 것을 나는 단언할 수 있다. 나 자신이 일종의 그런 대화를 체험했기 때문에 그들의 존재를 확신할 수 있다.

그러나 그들의 정체란 그들에 관해서 한 번도 생각해 본 적이 없는 사람들이나 그들의 정체를 안다고 큰소리치는 사람들이나 모르기는 매한가지이다.

사람들이 점술이나 광란 상태를 통해서 정령들에 관한 지식과 미래에 대한 예언을 드러내는 것을 우리는 본다. 그런데 미래에 대한 예언은 대자연의 숨겨진 능력 또는 세상 만물을 움직이는 고차원적인 존재의 능력이다.

우리는 알 수가 없지만 그 존재는 대자연의 숨겨진 능력을 안다. 인간의 정신은 그 능력에 도달할 수 없다.

212

정부의 형태는 독재, 과두체제 그리고 다수가 다스리는 체제 등 세 가지가 있다. 나는 피렌체의 경우 과두체제가 가장 나쁜 것이라고 믿는다. 과두체제는 피렌체에 적절하지 않고 독재의 경우와 마찬가지로 도저히 용납할 수 없는 것이다.

사실 과두체제의 지도자들이 품은 야심과 그들 사이의 불화는 독재의 경우와 똑같은, 어쩌면 더 많은 피해를 가져올 것이다. 그들은 피렌체를 급속도로 분열시키는 반면 독재자가 시행하는 좋은 일을 하나도 보여 주지 못할 것이다.

213

인간의 모든 결정과 행동에 대해서는 그와 반대되는 것을 내세울 이유가 항상 있게 마련이다. 결함을 내포하지 않을 만큼 완전한 것은 하나도 없기 때문이다.

약간의 선한 측면이 없을 정도로 철저히 악한 것도 없고 약간의 악한 측면이 없을 정도로 완전히 선한 것도 없다. 그래서 많은 사람들이 아무런 행동도 취하지 않게 되는데 그것은 사소한 결함에 대해서도 그들의 마음이 흔들리기 때문이다.

그들은 자의식이 지나치게 강해서 세부적인 사항에 대해서도 일일이 걱정한다. 그러나 그런 식으로 해서는 절대로 안 된다. 오히려 우리는 양쪽의 불리한 면을 검토해 보고 나서 불리한 면이 적은 쪽으로 결정을 내려야 한다.

물론 우리는 어떠한 선택이든 모든 면에서 확실하고 완전한 것은 하나도 없다는 점을 명심해야 하는 것이다.

214

사람은 누구나 결점이 있다. 결점이 많은 사람도 있고 적은 사람도 있다. 다른 사람의 결점을 참아 주지 않는다면 우정도 상하관계도 동료관계도 지속될 수 없다.

우리는 서로 이해하는 법을 배워야 한다. 한 사람이 마음에 들지 않는다고 해서 다른 사람으로 바꾼다 해도 새로운 여건 속에서 똑같은 결점 또는 더 많은 결점을 발견하게 될 것이라는 점을 명심해야 한다.

따라서 우리는 다른 사람을 관대하게 대해야 한다. 다만 문제가 되는 일이 대단히 중요한 것이 아니거나 그럭저럭 참아 줄 수 있는 것이어야 한다.

215

막상 행동을 취하고 나면 비난을 받는 경우가 많다. 그런데 그런 행동이 없었다면 무슨 일이 벌어졌을지 이해한다면 우리는 그 행동을 칭찬했을 것이다.

반면에 비난을 받았어야 할 행동이 칭찬을 받는 경우도 많다. 사소한 결과와 겉모양만 보고 성급하게 비난하거나 과도하게 칭찬하지는 마라. 균형이 잡히고 올바른 판단을 내리고 싶다면 모든 사물을 피상적으로 볼 것이 아니라 그 핵심을 깊이 들여다보아야만 한다.

216

이 세상에서는 그 누구도 자신의 신분, 환경, 운명을 날 때부터 선택해서 태어나지 못한다. 따라서 다른 사람을 비난하거나 칭찬하려고 할 때는 그가 처한 여건을 보지 말고 그가 주어진 여건 아래에서 어떻게 처신했는지를 먼저 잘 살펴보아야만 한다. 칭찬이나 비난은 그가 처한 여건보다 그의 행동에 근거를 두어야 하는 것이다.

우리는 연극을 볼 때 하인보다 주인의 역할을 맡은 배우에게 더 큰 박수를 보내는 것은 아니다. 우리는 배우가 연기를 얼마나 잘하는가에만 주목하는 것이다.

217

적을 만들거나 다른 사람을 불쾌하게 만들까 지나치게 염려해서 자신의 의무를 소홀히 하는 일은 없도록 하라. 의무를 충실히 이행하면 좋은 평판을 얻는다. 그리고 그것은 일시적인 적이 끼치는 피해보다 한층 더 유익하다.

이 세상에 살아 있는 한 누구나 다른 사람을 불쾌하게 만드는 일을 가끔씩 하게 마련이다. 그것은 불가피하다.

다른 사람을 기쁘게 할 때나 불가피하게 다른 사람에게 불쾌한 행동을 할 때나 똑같은 원칙이 적용된다. 즉, 그런 행동을 합리적으로 적절한 기회에 절도 있게 명예로운 수단을 통해서 그리고 타당한 이유를 가지고 하라는 것이다.

218

우리가 사는 이 세상에서 참으로 잘 처신하는 사람이란 자신의 이익을 항상 염두에 둔 채 그 이익을 위해서 모든 행동을 잘 조절하는 사람이다.

그러나 자신의 참된 이익이 어디 있는지 모르고, 명예와 좋은 평판을 유지하는 방법에 대한 깊은 지식보다는 금전적 이익이야말로 자신의 진짜 이익이라고 생각하는 것은 중대한 착오이다.

219

어떤 결정을 내리거나 어떤 주장을 확인하고 나서 그것을 실행하기 전에 어떤 이유 때문에 마음이 변한 경우, 그가 그러한 사실을 자유롭게 발표한다면 그것은 매우 정직한 행동이다.

그러나 최초의 결정이 초래하는 결과를 자기 권한이나 능력으로 변경시키기가 불가능하다면 그는 그 결정을 밀고 나가야만 명성을 더 잘 유지할 것이다. 결정을 뒤집으면 명성을 잃을 뿐이다. 실제로 이루어지는 일은 그가 처음에 말한 것 또는 나중에 말한 것과 반드시 정반대가 되는 것이 되기 때문이다.

그러나 최초의 결정을 밀어붙이는 경우, 그것이 옳다고 증명이 되면 그는 신뢰할 만한 사람으로 보이게 될 것이다. 어쩌면 최초의 결정이 옳은 것으로 증명될지도 모른다.

220

어느 나라의 경우든 독재자가 권력을 장악하게 되면 그에게 협력하는 한편 불행한 사태를 막고 좋은 일을 하기 위해서 자신의 영향력을 이용하려고 노력하는 것이 선량한 시민의 의무라고 나는 생각한다.

선량한 사람들이 공직을 차지하고 있는 것이 어느 때나 그 도시에 이익이 된다는 것은 말할 필요도 없다. 무식하고 격정적인 피렌체 시민들은 언제나 이 말에 수긍하지 않았다.

그러나 메디치 가문 주변에 선량한 인물이 하나도 없고 오로지 어리석고 사악한 자들만 들끓었다면 그 통치 결과가 얼마나 큰 피해를 초래했을 것인지 그들은 인정하지 않으면 안 된다.

당신과 대항해서 평소에 잘 단결하는 적대 세력이 내분을 일으켜서 서로 싸우기 시작했을 때, 그들을 각개격파하기 위해 당신이 어느 한 사람을 공격한다면 오히려 그들을 단결시키는 계기를 마련해 줄지도 모른다.

따라서 당신은 다른 모든 조건과 여건은 물론이고 그들 사이에 발생한 증오심을 매우 신중하게 검토해야만 한다.

그런 다음에 비로소 당신은 그들 가운데 한 명을 공격할 것인지, 아니면 자기들끼리 끝까지 싸우도록 내버려둘 것인지를 제대로 결정할 수가 있다.

2

권력 통치론

1

시민이 자기 도시 안에서 명예와 영광을 얻으려고 한다면 그것은 칭찬받을 일이고 또 유익한 것이다. 다만 그는 당파를 이용하거나 무력으로 탈취하려는 것이 아니라 지혜롭고 선량한 인물로 인정받으려고 노력하고 조국을 위해 봉사하려는 목적으로 추구해야만 하는 것이다.

우리 조국이 이러한 인물들로 넘치게 되기를 간절히 바란다! 그러나 오로지 권력의 장악만을 노리는 시민들은 위험하다. 권력에 눈이 먼 사람들은 명예나 정의 따위에 전혀 구애를 받지 않고 자신의 목적을 달성하기 위해서는 모든 것을 짓밟기 때문이다.

2

실제로 선량한 사람이 아니라면 그가 선량한 사람으로 통하는 기간이 그리 오래 계속되지는 못할 것이다. 그러므로 자신이 선량한 사람이라는 인상만 사람들에게 주기를 원할 뿐이라 해도 그는 스스로 선량한 사람이 되지 않으면 안 된다.

그렇게 하지 않는다면 선량한 사람으로 통하는 것마저 결국은 불가능하게 된다.

3

  사람이란 자연히 선으로 기울게 마련이다. 악에서 즐거움이나 이익을 얻지 못하는 한 사람은 선을 더 선호한다. 그러나 사람의 본성은 연약하고 악의 유혹은 무한해서 이기심 때문에 쉽게 본성을 벗어난다.

  바로 이런 이유 때문에 법을 만드는 지혜로운 입법가들은 박차와 고삐, 즉 포상과 처벌을 만들어 냈다. 그것은 인간 본성을 강제하려는 것이 아니라 자연적인 성향을 유지시키려는 것이다.

  공화국에서 포상과 처벌이 시행되지 않는다면 거기서 훌륭한 시민들을 찾아보기란 매우 힘들 것이다. 피렌체에서 이 원칙이 날마다 증명되는 것을 우리는 본다.

4

  자신에게 유리하거나 아무런 이익도 없는데도 선보다는 악을 더 선호한다는 사람의 말을 듣거나 그의 글을 읽는다면 그를 사람이 아니라 짐승이라고 불러라. 그는 모든 사람에게 선천적으로 있는 기질이 결핍되어 있기 때문이다.

5

공화국에는 원래 많은 결함과 잘못이 따르게 마련이다. 그럼에도 불구하고 우리 도시의 현명하고 선량한 시민들은 독재나 과두체제보다는 공화국이 낫다고 해서 더 선호한다.

6

피렌체에서는 현명한 시민이 선량하기도 하다고 말해도 좋다. 선량한 시민이 아니라면 그는 현명하지도 않을 것이기 때문이다.

7

대중의 비위를 맞추기 위한 후한 씀씀이는 참으로 현명한 사람에게서 좀처럼 찾아보기 힘들다. 따라서 후하게 베푸는 것처럼 보이는 사람보다는 현명한 사람이 한층 더 큰 칭송을 받아야 한다.

8

공화국에서 사람들은 정의로운 시민을 사랑한다. 그러나 지혜로운 사람들에게는 사랑보다는 존경을 바친다.

9

맙소사! 우리 공화국이 영원히 존속될 것이라고 생각하기보다는 곧 멸망할 것이라고 믿을 이유가 얼마나 많은가!

10

재능이 풍부한 사람이 판단력이 견실한 사람을 크게 활용하는 것보다는 오히려 판단력이 견실한 사람이 재능이 풍부한 사람을 더욱 잘 활용한다.

11

공화국에서는 한 시민이 다른 시민들보다 훨씬 명성이 높다고 해도 모든 시민의 평등은 전혀 위협을 받지 않는다.

물론 그의 명성이 다른 사람들의 사랑과 존경에서 오는 것이고 시민들이 원하면 그에게 사랑과 존경을 바치지 않을 수 있는 경우에 그런 것이다. 피렌체의 바보들이 이 점을 잘 이해한다면 피렌체를 위해서 매우 유익할 것이다.

12

다른 사람을 지휘해야 하는 사람은 명령을 내리는 데 지나치게 까다롭거나 신중해서는 안 된다. 그렇다고 해서 이러한 태도를 완전히 버리라는 말은 아니다. 명령을 너무 마구 내리면 오히려 큰 피해를 초래한다.

13

자신의 일을 비밀리에 처리하면 무슨 이익이든 얻게 된다. 그런데 친구들에게까지 비밀리에 일을 처리한다는 인상을 주어서는 안 된다.

당신이 비밀을 털어놓지 않는다는 사실이 알려지면 많은 사람들은 무시당했다고 느끼고 크게 화를 낼 것이다.

14

죽기 전에 내가 보고 싶은 것이 세 가지가 있는데 아무리 오래 산다고 해도 그 한 가지나마 보게 될지는 의문이다.

그 세 가지란 우리 도시에 질서가 잘 유지되는 공화국이 수립되는 것, 모든 야만인들로부터 해방된 이탈리아, 사악한 성직자들의 독재에서 구출된 세상이다.

15

　당신의 안전이 조약으로 보장되거나, 아니면 무슨 일이 일어나든 아무것도 겁낼 필요가 없을 정도의 막강한 힘으로 보장되지 않는 한, 두 진영이 전쟁을 할 때 당신이 중립을 지킨다는 것은 미친 짓이다.

　당신은 패배하는 쪽을 만족시키지 못할 뿐만 아니라 승리하는 쪽의 밥으로 남게 되기 때문이다. 이성적 판단으로 이 교훈을 확신하지 못한다면, 교황 율리우스 2세와 스페인 왕이 프랑스 국왕 루이와 전쟁할 때 우리의 도시 피렌체가 중립을 지킨 결과가 어떤 것인지 잘 살펴보라.

16

　굳이 중립을 지키고 싶다면 중립 조약을 원하는 진영과 최소한 조약을 체결하라. 그것은 어느 한쪽을 편드는 방법 가운데 하나이기 때문이다. 조약을 체결한 쪽이 이긴다면 그들은 아마도 당신을 해치기를 주저하거나 부끄럽게 여길 것이다.

17

음탕한 욕망은 충족시키는 것보다 억제하는 것이 더 큰 즐거움을 가져다준다. 그런 욕망의 충족은 일시적이고 육체적인 것인 반면, 욕망의 억제는 일단 욕망이 가라앉고 나면 만족감이 오래 지속되고 또한 그것은 정신과 양심에 속하는 것이다.

18

명예와 명성은 재산보다 더 바람직한 것이다. 그러나 요즈음은 명성도 재산이 없으면 얻을 수도 없고 유지하기도 매우 힘들다.

그러니까 덕을 갖춘 인물이라면 더러운 방법을 통해서 얻는 재산이 아니라 명성과 권한을 얻거나 유지하는 데 충분할 정도의 재산만 추구해야 한다.

19

피렌체 시민들은 일반적으로 가난하다. 그러나 생활양식 탓에 누구나 부자가 되기를 매우 탐낸다. 따라서 우리 도시에서는 자유를 보존하기가 매우 어렵다.

재산에 대한 탐욕에 이끌려서 명예와 영광을 존중하거나 아끼지 않고 오히려 개인적인 이익을 추구하는 데 누구나 몰두하기 때문이다.

20

독재자의 통치를 뒷받침해 주는 원료는 시민들의 피다. 시민들은 누구나 자기가 사는 도시 안에 독재 체제가 구축되지 않도록 노력하라.

21

약간의 결함이 있기는 하지만 그래도 참아 줄 만한 정권이 다스리는 공화국의 시민들이라면 좀더 나은 통치 체제를 바라고 기존 체제를 무너뜨리려 시도해서는 절대로 안된다.

체제를 바꾼다 해도 언제나 더 나쁜 결과를 얻을 것이다. 통치 체제를 바꾸는 사람들은 자신의 생각과 계획에 딱 들어맞는 새로운 정부를 만들어 낼 힘이 없을 것이기 때문이다.

22

도시국가에서 나름대로 세력이 있는 인사들이 저지르는 범죄는 대부분이 상호 불신에서 나온다. 따라서 한 사람이 일단 권력을 잡고 나면 정당한 이유도 없이 그를 타도하려고 온갖 방해 공작을 꾸미는 사람들에 대해서 시민들은 결코 달가워하지 않는다.

그들의 행동이 상호 불신을 낳고 상호 불신이 결국은 독재라는 사악한 괴물을 출현시키기 때문이다.

23

가난한 사람들은 우연한 일로 불화를 빚게 되기가 쉽다. 그러나 부자들은 원래부터 다른 사람들을 적대시하는 특성이 있다.

따라서 일반적인 관점에서 말하자면 남을 적대시하고 싸우는 것은 가난한 사람의 경우보다 부자의 경우가 더 큰 비난을 받아 마땅하다.

24

상대방 군주가 자신의 거짓말을 믿게 할 목적으로 대사를 파견하는 군주는 먼저 그 대사를 속여야만 한다. 대리인을 보내는 개인의 경우도 마찬가지이다.

대사가 군주의 거짓 의도를 알고 떠난 경우보다는 그런 줄도 모르고 자기가 군주의 생각을 대변한다고 믿는 경우에 그는 한층 더 효과적으로 말하고 또 행동할 것이기 때문이다.

25

매우 중대한 일의 성공이나 실패가 사소한 것으로 보이는 일을 하는가 하지 않는가에 달린 경우가 많다. 따라서 아무리 사소한 일에 대해서도 조심하고 깊이 생각하지 않으면 안 되는 것이다.

26

좋은 지위는 잃기는 쉬워도 얻기는 대단히 어렵다. 그러므로 풍족한 생활을 누리고 있을 때는 파산하지 않고 그런 상태를 계속 유지하기 위해 온갖 노력을 기울여라.

27

상대방의 세력이 너무나도 강해서 그에게 도저히 복수할 가망성이 없는 경우 그런 사람에게 화를 내는 것은 어리석은 짓이다. 그가 모욕을 준다고 해도 다만 싱긋이 웃어버리고 참아라.

28

전쟁이 계속되는 동안에는 순간 순간마다 끝없이 변화가 일어나게 마련이다. 따라서 좋은 소식에 너무 기뻐할 것도 아니고 나쁜 소식에 너무 기가 죽을 것도 아니다.

왜냐하면 사태의 변화가 너무나도 심하기 때문이다. 전쟁 기간 동안에 어떤 좋은 기회가 찾아오면 그것을 잃지 않기 위해서 이 교훈을 명심하라. 그런 기회란 곧 사라지기 때문이다.

29

사업가가 파산하거나 뱃사람이 물에 빠져죽는 운명을 맞는 경우는 흔하다. 이와 마찬가지로 교회의 영토를 일정한 기간 동안 다스리는 사람들은 일반적으로 불행한 결말을 보고 만다.

30

모든 사람이 원하는 것이 실현되는 경우는 매우 드물다고 페스카라의 후작이 언젠가 내게 말한 적이 있다. 그의 말이 사실이라면, 그 이유는 일반적으로 극소수의 사람들만이 세상을 움직이기 때문이다.

그런데 극소수의 사람들의 목적이란 거의 언제나 대다수의 사람들이 원하는 목적과 반대되는 것이다.

31

종교적 신심이 지나치면 세상을 망치고 만다는 말은 옳다. 그런 신심은 정신을 연약하게 만들고 사람들이 무수한 잘못을 저지르게 하며 남에게 후하게 베푸는 활발한 사업을 거의 못하게 막기 때문이다.

나는 그리스도교도들의 신앙과 종교생활을 비난하려는 의도가 조금도 없다. 다만 지나친 신앙과 적정 수준의 신앙을 구별하는 한편, 반드시 고려해야만 하는 것과 무시해도 그만인 것을 지혜롭게 분별하도록 사람들의 정신을 자극시켜서 그리스도교도들의 신앙을 더욱 굳게 만들고 증진시켜 주려는 것이다.

32

종교에 관해서 또는 하느님의 손에 달린 일에 관해서는 절대로 논쟁하지 마라. 그런 것은 바보들의 마음속에 너무나도 강하게 뿌리를 내리고 있기 때문이다.

33

적에 대해서 당신이 취할 수 있는 안전 조치는 무엇이든지 모두 좋은 것이다. 그의 말과 약속, 그의 친구들의 말, 또는 다른 어떠한 보장에 대해서도 최대한의 안전 조치를 취하라.

더욱이 사람들의 인격이란 비열한 것이고 사태란 항상 변하게 마련이라는 점을 고려한다면 당신의 안전을 확보하기 위한 조치보다 더 유익하고 믿을 만한 것은 없다. 그것은 적이 당신을 해치려 들지 않기 때문이 아니라 해칠 수가 없기 때문이다.

34

적이 당신 앞에 엎드려서 자비를 간청한다면 그것은 당신이 이 세상에서 얻을 수 있는 가장 큰 행운이다. 그러한 행운은 참으로 대단한 것이기 때문에 그것을 얻기 위해서라면 무슨 일이든 하라.

그러나 그보다 더 위대한 것은 그러한 행운을 모든 사람의 칭송을 받는 방향으로, 즉 자비를 베풀고 용서해 주는 식으로 활용하여 얻는 영광이다. 이러한 일은 관대하고 탁월한 인물들만이 할 수 있다.

35

이 교훈들은 교과서적인 원칙들이다. 그런데 개별적인 경우는 그 여건이 서로 다르기 때문에 각각 다른 각도에서 취급하지 않으면 안 된다.

다시 말하면 개별적인 경우에 대해서는 원칙을 일률적으로 적용할 것이 아니라 현명한 판단에 맡겨야 한다.

36

고대 사람들은 "지위가 사람을 보여준다."는 격언을 매우 존중했다. 어떤 지위에 딸린 의무가 그 사람의 그릇이 큰지 작은지를 드러낼 뿐만 아니라 높은 지위에 딸린 권한과 자유는 그의 정신적 성향과 인품의 참된 모습을 한층 더 잘 드러내 준다.

권한이 강력하면 강력할수록 그는 주저하거나 두려워하지 않고 한층 더 자신의 선천적 성향에 따라 행동할 것이기 때문이다.

37

통치자의 눈에 벗어나지 않도록 최대한으로 조심하라. 올바르고 정직하게 살아가기 때문에 당신이 그의 처분에 운명을 맡기는 신세가 될 리는 없다고 생각해서는 결코 안 된다. 예견하지 못하는 무수한 일이 일어나서 당신이 그의 도움을 받아야만 하는 때가 올 것이기 때문이다.

반면에 통치자가 어떤 사람을 처벌하거나 그에게 복수하려고 할 경우에는 성급하게 행동해서는 안 되고 적절한 시기와 때를 기다려야 한다.

긴 안목에서 본다면 그가 사악하거나 격정적인 인물로

보이지 않은 채 자기 의도를 완전히 또는 부분적으로 달성할 기회가 반드시 찾아오는 법이기 때문이다.

38

도시국가나 한 지역의 백성을 다스리는 지도자는 그들에 대한 통치권을 완전히 확립하려면 범죄란 범죄는 예외 없이 전부 처벌하지 않으면 안 된다.

다만 처벌의 정도에 관해서는 경우에 따라서 관용을 베풀 수도 있다. 물론 흉악한 범죄의 경우 또는 본보기를 보여 주지 않으면 안 되는 경우에는 관용을 베풀면 안 된다. 그러나 일반적으로는 피해의 15배로 갚도록 처벌하면 충분할 것이다.

39

주인은 자기를 존경하거나 고맙게 여기는 하인들에게 최대한으로 혜택을 베푸는 것이 바람직하고 옳다. 그러나 하인들이란 일반적으로 그렇지 못할 뿐만 아니라 자기가 원하는 것을 받고 나면 주인에게 등을 돌리거나 성가시게 굴게 마련이다.

따라서 주인으로서는 그들을 단단히 휘어잡는 것이 더 현명하다. 그들이 계속해서 혜택에 대한 희망을 품도록 하라. 그러나 그것도 그들이 절망에 빠지지 않도록 만들 정도로 최소한의 희망만 주면 충분하다.

40

위의 교훈은 당신이 구두쇠라는 비난을 받아서 사람들이 피하게 만드는 식으로 적용해서는 안 된다. 하인 가운데 한 명을 가끔 대단히 후하게 대우해 준다면 당신은 구두쇠라는 비난을 쉽게 피할 수가 있다.

사람들이란 원래 기대감에 절대적으로 좌우되기 때문에 불충분한 보상을 자주 반복해서 크게 불신을 받는 것 이상으로 한 가지 관대한 조치를 베푸는 것이 훨씬 더 당신에게 유리하고 더 큰 신망을 얻게 만든다.

41

사람들은 혜택보다 피해를 더 오래 기억한다. 혜택을 기억한다고 해도 그들은 실제로 받은 혜택이 적다고 여기고 자신이 더 많은 혜택을 받을 자격이 있었다고 생각할 것이다.

그러나 피해에 대해서는 그 반대로 생각한다. 실제로는 적은 피해를 받았으면서도 많은 피해를 받았다고 항상 여기고 화를 낸다.

따라서 한 사람을 기쁘게 해주기 위해 다른 사람들을 불쾌하게 만들어야만 하는 일은 특별한 경우가 아니라면 하지 않도록 조심하라. 이 경우 대부분이 얻는 것보다 잃는 것이 더 많기 때문이다.

42

당신에게서 혜택을 받은 사람보다는 당신을 필요로 하는 사람 또는 당신과 공동의 목표를 가지게 된 사람에게 의존하는 것이 더 낫다. 사람이란 일반적으로 은혜를 모르는 존재이기 때문이다. 남에게 속기를 바라지 않는다면 이 원칙에 따라서 미리 계산하라.

43

내가 앞의 교훈을 말한 것은 당신이 다른 사람에게 혜택을 베풀지 못하게 막으려는 것이 아니라 당신에게 세상을 살아가는 법과 일의 경중을 구별하는 방법을 가르쳐 주기 위한 것이다.

남에게 혜택을 베푸는 것은 관대한 행동이고 고상한 인격의 표현일 뿐만 아니라, 때로는 보답을 받기도 한다. 심지어는 과거의 다른 많은 결함을 덮어 주기까지도 한다.

우리를 초월하는 조물주가 고상한 행동을 좋아하기 때문에 그런 행동이 항상 아무런 보람도 거두지 못하는 것을 허용하지 않는다고 말할 수 있다.

44

친구들이란 당신이 전혀 예측하지 못한 때와 장소와 상황에서 크게 도움이 될 수 있기 때문에 친구들을 사귀도록 노력하라.

이 교훈이 매우 낡은 것으로 느껴질지도 모르지만 중대한 체험을 통해 이 교훈을 깨달은 사람은 그 가치를 제대로 알아볼 것이다.

45

누구나 진실하고 솔직한 성품을 좋아한다. 그것은 참으로 고귀한 것이지만 본인을 해칠 수도 있는 것이다. 한편 사람들이 사악하다는 점을 고려하면 속임수는 유익하고 때로는 반드시 필요한 것이다. 그러나 그것은 추하고 사람들이 미워하는 것이다.

따라서 나는 어느 쪽을 선택해야 좋을지 모르겠다. 일반적으로 말하자면 어느 한쪽을 버리지 않은 채 다른 한쪽을 택해야만 한다고 본다.

다시 말하면 평상시에는 진실하고 솔직한 성품을 드러내어 당신이 성실한 사람이라는 평판을 얻도록 하라. 그러나 드물게 찾아오기는 하지만 매우 중대한 경우에는 속임수를 동원하라.

이럴 때 속임수를 동원한다면 당신은 이미 성실한 사람이라는 평판을 얻었기 때문에 사람들은 당신을 한층 더 쉽게 믿어 줄 것이고 그 속임수는 더욱 효과적이고 또 성공적이 될 것이다.

46

위에 지적한 이유 때문에 나는 언제나 속임수와 교활한 꾀만 사용하는 사람들을 칭찬할 수 없다. 그러나 속임수를 가끔 사용하는 사람들은 눈감아줄 수도 있다.

47

당신이 이미 저질렀거나 시도했던 일을 감추려고 할 때는 그것이 곧 발각되어 모든 사람에게 드러날 지경이라고 해도 정면으로 부인하는 것이 항상 유리하다. 이 사실은 믿어도 좋다.

즉, 강력하게 부인한다 해도 당신에게 불리한 증거를 가지고 있거나 당신을 불신하는 사람들을 설득할 수 없을지는 모른다. 그러나 최소한 당신의 말이 옳을지도 모른다는 의구심은 일으키게 마련이다.

48

비밀이 통치자에게 얼마나 유용한 것인지는 이루 다 설명할 수 없다. 비밀이 새면 그의 계획이 방해를 받거나 좌절된다. 그러나 비밀이 유지되면 사람들이 계속해서 두려움을 품고 그의 모든 동작을 열심히 주목한다.

그의 사소한 행동마저도 무수한 사람의 입에 오르내리고 그 결과 그는 대단한 명성을 얻게 된다. 반드시 비밀을 지켜야 할 사항뿐만 아니라 사람들에게 알려져서 유리할 것이 전혀 없는 일들에 관해서도 통치자는 자기 자신과 신하들이 입을 다무는 습관을 길러야 한다.

49

불가피한 필요성이 없는 한 비밀을 누설해서는 안 된다는 교훈은 모든 사람이 따라야만 한다. 비밀이 새면 각종 피해가 발생하지만 그 가운데 가장 해로운 것은 당신은 당신의 비밀을 아는 사람의 노예가 된다는 사실 때문이다.

어쩔 수 없이 비밀을 털어놓아야만 되는 경우라 해도 가능한 한 시간을 끌어야 한다. 시간이 많을 때 사람들은 오만 가지 사악한 생각을 하게 될 것이기 때문이다.

50

가끔 쾌감에 젖거나 화풀이를 하면 속이 시원해지기는 하지만 결국 그것은 자신에게 해로운 일이다. 따라서 그런 행동은 어렵더라도 절제하는 것이 현명하다.

51

내가 아라곤 왕국의 지혜롭고 영광스러운 페르디난도 왕의 궁정에 대사로 파견되었을 때 관찰한 바에 따르면 그는 새로운 사업을 시작하거나 어떤 조치를 취하고 싶을 때 자신이 먼저 사람들에게 알리고 나서 그 필요성을 납득시키는 식으로 행동하지는 않았다.

오히려 정반대되는 행동을 했다. 그는 일을 대단히 교묘하게 추진했기 때문에 머지 않아서 누구나 "이러저러한 이유 때문에 국왕폐하께서는 이러한 일을 하지 않으면 안 됩니다."라고 외쳤다.

그가 속으로 무슨 계획을 꾸미고 있는지 파악하기도 전인데도 사람들은 그렇게 외친 것이다. 그러면 그는 모든 사람이 타당하고 필요한 일이라고 이미 판정을 내린 일, 즉 그가 원하던 일을 선포하는 것이다. 그 결과 그의 결정은 엄청난 호감과 칭송을 받고는 했다.

52

어떤 사람들은 모든 것을 현명함과 능력의 덕분으로 돌리고 행운을 무시하려고 한다. 그러나 그러한 사람들마저도 부인하지 못하는 사실이 있다. 그것은 당신의 능력 그리고 당신이 가장 잘하는 일들이 높이 평가를 받는 시대에 당신이 활동하게 된 것은 대단한 행운이라는 점이다.

똑같은 능력도 시대에 따라 높이 평가되기도 하고 무시되기도 하며, 똑같은 행동도 때에 따라서 유쾌하기도 하고 불쾌하기도 하다는 사실을 우리는 경험을 통해서 안다.

53

애국심이 너무나도 뜨거운 나머지 조국을 다시금 자유의 나라로 만들기 위해서라면 어떠한 위험도 무릅쓰려는 사람들이 있다.

나는 그들의 기를 꺾고 싶은 생각이 조금도 없다. 그러나 내가 말해두지 않으면 안 되는 것이 있다. 그것은 우리가 사는 피렌체에서 자신의 개인적인 이익을 증가시킬 목적으로 정부의 체제를 바꾸려고 시도하는 사람은 현명하지 못하다는 점이다.

그런 일은 매우 위험할 뿐만 아니라 음모란 성공한 예가

거의 없다는 것이 분명하게 드러났기 때문이다.

더욱이 음모가 성공한다고 해도 당신이 처음에 기대했던 이익조차 얻지 못하는 경우가 대부분이다. 그뿐 아니라 언제나 근심 걱정에 휩싸여 있는 처지가 되고 만다. 당신이 권력에서 몰아낸 그 사람들이 돌아와서 당신을 해치게 될지도 모른다는 두려움에서 벗어나지 못하기 때문이다.

54

권력자의 이름만 바꾸는 데 불과한 거사를 위해 시간을 낭비하지 마라. 당신을 못살게 굴던 베드로가 쫓겨난 뒤에는 마르티노가 그 자리에 앉아 역시 당신을 괴롭힌다면 당신 처지가 나아진 것이 무엇이 있겠는가?

권력을 휘두르는 자가 베드로든 마르티노든 모두 비슷비슷한 종류의 인물이라면 권력자가 바뀐다고 해서 당신이 기뻐할 이유가 어디 있겠는가?

55

굳이 음모에 가담하겠다고 고집한다면 한 가지 사실만 명심하라. 그것은 음모를 지나치게 완벽하고 안전하게 꾸미려고 하다가는 반드시 실패하고 만다는 것이다.

그렇게 하려면 더 많은 시간이 필요하고 더 많은 사람을 끌어들여야 하며 계획은 한층 더 복잡해지기 때문이다. 이렇게 되면 결국은 음모가 발각되고 만다.

한 가지 더 고려할 사항이 있다. 그것은 음모의 성패가 행운에 좌우된다는 사실이다. 그런데 행운이란 행운의 힘을 무시하고 자신의 힘으로만 안전을 확보하려는 사람들을 아주 싫어한다.

따라서 나는 지나치게 신중하고 경계만 할 것이 아니라 어느 정도 위험이 따르더라도 음모를 실행에 옮기는 것이 더 안전하다는 결론을 내린다.

56

당장 자기 손에 쥐고 있지 않은 것을 근거로 해서 계획을 세우거나 앞으로 들어올 것으로 기대하는 소득을 믿고 미리 비용을 지출하지는 마라. 그런 돈이나 재산이 실제로는 당신 손에 들어오지 않는 경우가 많기 때문이다.

대규모의 사업가들이 흔히 파산하는 것도 같은 이유이다. 앞으로 막대한 이익을 거둘 수 있다는 기대감에서 그들은 어음을 발행하지만 그 어음은 일정한 기간이 지나면 반드시 이자와 함께 결제해야 한다.

그러나 이익이란 아예 발생하지 않거나 예상보다 더 오래 걸려서 나오는 경우가 많기 때문에 막대한 이익을 예상했던 사업이 오히려 파멸을 초래하는 것이다.

57

출세하기 위해 애쓰는 일에도 지쳤고 이제는 평화롭고 조용한 생활을 하고 싶기 때문에 공직을 떠났다고 말하는 사람들이 있다면 그들의 말을 절대로 믿지 마라.

그들은 거의 대부분이 속으로 딴생각을 하고 있다. 그들이 공직에서 물러난 것은 분노나 어리석음 때문에, 아니면 달리 방법이 없고 어쩔 수가 없어서 그런 것이다.

우리는 이러한 예를 날마다 보고 있다. 그들에게 권력을 다시 잡을 수 있는 아주 작은 기회만 주어도 기름칠한 마른 장작을 태우는 불길의 맹렬한 기세와도 같이 그들은 자신이 그토록 사랑한다고 떠들던 평화롭고 조용한 생활을 순식간에 버린다.

58

당신이 법을 어겼을 경우에는 감옥으로 끌려가기 전에 관련된 모든 세부사항에 관해서 곰곰 생각해 보라.

당신의 유죄를 증명하기가 매우 어려운 사건이라 해도 유죄를 입증하려고 애쓰는 부지런한 검사가 얼마나 많은 공격 자료를 만들어 낼 수 있는지는 참으로 믿기 어려울 지경이다. 사소한 꼬투리만 잡혀도 사건의 전모를 밝히는 데 충분한 것이다.

59

다른 사람들과 마찬가지로 나도 명예와 재산을 추구해 왔다. 그리고 하느님의 도움과 행운의 덕분으로 내가 기대한 것보다 더 많이 얻었다. 그러나 나는 그 정도로 만족하게 될 줄 알았지만 전혀 그렇지 못했다.

잘 생각해 보면 거기에는 그만한 이유가 있다. 사람이란 명예와 재산을 많이 얻은 뒤에도 그보다 더 많이 얻기를 갈망하게 마련이기 때문이다.

60

사람이란 누구나 높은 지위를 차지하고 싶어한다. 그 이유는 높은 지위에 따르는 좋은 면은 겉으로 드러나는 반면에 불리한 면은 감추어져 있기 때문이다.

불리한 면이 사람들의 눈에 모두 보인다면 그들은 그런 지위를 얻으려고 그토록 발버둥치지는 않을 것이다. 높은 지위에는 언제나 위험, 상호불신, 그리고 무수한 근심과 걱정이 따르는 법이다.

순수하고 순진한 사람마저도 높은 지위에 대해서 매력을 느끼는 이유는 다른 사람들보다 더 우월한 인물이 되고 싶다는 욕망을 품고 있기 때문일 것이다. 특히 지위가 높아질수록 권력이 커져서 사람이 신과 비슷해질 수 있기 때문일 것이다.

61

예측하는 일보다는 예측하지 못하는 일들이 비교할 수 없을 정도로 심하게 우리에게 영향을 미친다.

바로 이러한 이유 때문에 나는, 어떤 사람이 갑자기 닥친 위험과 사태에 압도되지 않고 이를 극복할 수 있다면 그를 용감하고 위대한 인물이라고 부를 수 있다. 이러한 인물은 참으로 매우 드물다고 나는 본다.

62

어떤 행동을 하지 않았을 경우나 했을 경우에 사태가 어떻게 변할지 그 결과를 모조리 미리 알 수만 있다면, 현재 사람들의 비난이나 칭송을 받고 있는 수많은 일들이 정반대의 평가를 받아야 마땅할 것이다.

63

늙은 사람일수록 탐욕이 더욱 강하다는 것은 의심할 여지가 없다. 사람들은 그 이유가 늙을수록 마음이 더욱 약해지기 때문이라고 한다. 그러나 나는 그 말을 조금도 납득할 수가 없다.

왜냐하면 늙을수록 자기에게 필요한 것이 더욱 줄어든다는 사실을 깨닫지 못하는 노인은 천치가 틀림없기 때문이다. 더욱이 내가 관찰한 바로는 많은 노인의 경우, 색욕(실제의 정력이 아니라 호색의 욕망 자체), 잔인성 그리고 다른 악습이 더욱 증가한다.

그러니까 노인들의 탐욕이 더욱 강한 이유를 든다면 사람이란 이 세상에서 오래 살면 살수록 물질에 대해 더욱 친숙해지고 따라서 더욱 애착을 느끼게 된다고 본다.

64

위와 똑같은 이유 때문에 사람이란 늙으면 늙을수록 죽음에 대한 생각이 그를 한층 더 무겁게 짓누른다. 그래서 그는 마치 이 세상에서 영원히 살기라도 할 것처럼 생각과 행동을 더욱 그런 식으로 하는 것이다.

65

사악한 방법으로 모은 재산은 삼대 이상 상속되지 못한
다고 사람들은 믿고 있고, 또 그런 현상을 우리는 실제로
자주 본다.

성 아우구스티누스는 하느님께서 부자에게 그가 지상에
서 베푼 어떤 선행에 대한 보상으로 자기 재산을 즐기는
것을 허락하신다고 말했다.

그러나 그 재산은 먼 후손에게까지 물려줄 수는 없다.
하느님께서는 사악한 방법으로 모은 재산에 대해서 그렇
게 정하셨다는 것이다.

나는 다른 이유를 발견했다고 언젠가 아버지에게 말한
적이 있다. 재산을 모은 그 부자는 가난하게 자랐기 때문
에 재산을 사랑할 뿐만 아니라 그것을 고스란히 보존하는
방법을 알고 있다.

그러나 그의 자녀와 손자들은 부잣집에서 자랐기 때문
에 재산을 쉽게 써서 없애버린다. 그들은 재산을 모은다는
것이 어떤 것인지도 모르고 재산을 보존하는 방법도 모르
기 때문이다.

66

　자녀를 가지고 싶어하는 욕망은 자연스러운 것이기 때문에 아무도 그 욕망을 비난할 수 없다. 그러나 자녀가 하나도 없는 것이 다행이라고 나는 말할 수 있다. 착하고 현명한 자녀들마저도 부모에게 위안이 되기보다는 골칫거리가 되는 경우가 많기 때문이다.

　우리 아버지의 경우가 바로 그러하다는 것을 나는 보았다. 피렌체 사람들이 늘 훌륭한 자녀들을 두어서 행복한 아버지의 대표적인 예로 들었는데도 그랬다. 그러니 못된 자녀들을 둔 아버지의 경우가 얼마나 불행한지 생각해 보라.

67

충분한 심사를 거치지 않고 서둘러서 판결을 내리는 터키 제국의 재판을 나는 순전히 엉터리라고 비난할 생각은 없다. 주먹구구로 적당히 재판해도 소송 사건의 절반 가량은 공정하게 판결하고 원고와 피고에게 비용과 시간의 낭비를 면하게 해줄 수 있기 때문이다.

그러나 우리 판사들이 내리는 판결을 보면 너무나 많은 비용과 시간을 들이기 때문에 소송에서 이긴다 해도 차라리 소송 첫날 패소 판결을 받았더라면 더 이익이 되었을 지경으로 재판을 끄는 경우가 대부분이다.

게다가 판사들은 너무나 사악하고 무식하며, 법률은 너무나도 애매해서 심지어는 우리 눈에도 흰 것이 검은 것으로 보이는 경우가 너무 많다.

68

법률이 소송 사건을 판사의 재량에 맡겼다고 해서 판사가 기분 내키는 대로 아무렇게나 판결을 내려도 좋다는 식으로 생각한다면 그것은 큰 잘못이다. 법률은 판사가 특정인에게 유리하도록 편파적인 판결을 내릴 권한을 준 것은 결코 아니다.

오히려 판사가 자신의 양심에 따라 공정하게 판결을 내리도록 하기 위해서 재량권을 준 것이다. 왜냐하면 사건마다 관련된 여건이 서로 달라서 법률이 모든 특정한 사건에 관해 세부사항을 규정하기란 불가능하기 때문이다.

따라서 판사는 모든 사실관계를 잘 살펴본 뒤에 올바르다고 믿는 판결을 내리지 않으면 안 된다. 법률이 허용한 이 재량권은 그가 자신의 판결에 대해 군주에게 책임을 지지 않아도 되도록 그 의무를 면제해 준다.

그의 판결이 법률 규정에 따른 것이 아니기 때문에 그는 항상 판결에 대한 적절한 이유를 들 수가 있는 것이다. 그렇다고 해서 그가 다른 사람의 재산에 피해를 입힐 권한을 가진 것은 결코 아니다.

69

주인들이란 자기 하인들을 아무것도 아닌 것으로 여기고 자기 멋대로 그들을 내쫓거나 모욕을 준다는 것을 우리는 경험을 통해 잘 알고 있다.

따라서 하인들도 주인에게 똑같은 식으로 대하는 것이 현명하다. 물론 언제나 올바르게 행동하고 자신의 명예는 지키면서 그렇게 해야 한다.

70

아무리 탁월한 재능을 타고난 사람이라고 해도 오로지 경험만이 가르쳐 줄 수 있는 것에 관해서는 자신이 직접 그것을 체험하지 않고는 깨닫거나 이해할 수가 없다.

많은 일을 겪어온 사람일수록 이 교훈에 대해서 더욱더 고맙게 여길 것이다. 왜냐하면 그들은 경험 자체를 통해서 경험의 가치를 배울 것이기 때문이다.

71

경험이 많은 것을 가르쳐 준다 해도, 속이 좁은 사람보다는 도량이 큰 사람이 경험에서 더 많은 것을 배운다는 사실을 젊은이들은 깨달아야 한다. 이 점에 관해서 곰곰 생각해 보는 사람은 누구나 그 이유를 쉽게 알게 될 것이다.

72

인색한 군주보다는 씀씀이가 헤픈 군주가 분명히 인기가 더 높다. 그러나 사실은 인색한 군주의 인기가 더 높아야 마땅하다.

왜냐하면 돈을 헤프게 쓰는 군주는 다른 사람들의 재산을 빼앗고 무거운 세금을 강요하지 않으면 안 되는 반면, 인색한 군주는 남의 재산을 뺏는 일이 전혀 없기 때문이다. 낭비하는 군주에게서 혜택을 보는 사람보다는 그의 강요 때문에 피해를 보는 사람들이 훨씬 더 많다.

그런데도 그가 더 인기가 있는 이유는 사람들의 기대감이 공포심보다 더 강해서 그의 압제를 두려워하는 사람보다 그에게서 혜택받기를 기대하는 사람들이 더 많기 때문이다.

73

형제들 그리고 친척들과 사이 좋게 지내면 한없이 많은 이익을 얻는다. 그런 상태에서 얻는 이익이란 당신이 일일이 직접 눈으로 보지 않기 때문에 실제로는 깨닫지 못하는 것이다.

그러나 이루 헤아릴 수 없이 많은 방식으로 당신에게 이익이 돌아오고 다른 사람들이 당신을 해치는 일을 주저하게 만든다.

따라서 때로는 불편을 감수해야만 한다 해도 그들과 좋은 관계를 맺어서 존경과 사랑을 받도록 노력해야 한다. 그러나 사람들은 흔히 이러한 관계를 유지하지 못한다.

그들은 눈앞에 보이는 사소한 불편을 불쾌하게 여기고 눈에 보이지 않는 엄청난 이익을 무시해 버리는 것이다.

74

다른 사람들보다 더 높은 지위를 차지하고 그들을 지배할 권한이 있다면 당신은 자기 권한의 범위를 넘어서 일을 밀어붙일 수 있다.

아랫사람들은 당신이 해도 좋은 일과 해서는 안 되는 일에 관해서 알지도 못하고 또 예측할 수도 없기 때문이다.

오히려 대부분의 경우 그들은 당신의 권한이 실제로 부여된 것보다 더 크다고 믿으며 원래는 당신이 강요할 수 없었을 일에 대해서조차 복종할 것이다.

75

나는 어떠한 일에 대해서나 오랫동안 깊이 생각해 본 뒤에야 알 수 있을 내용도 처음부터 분명히 파악할 수 있다고 예전에 생각한 적이 있다. 그러나 많은 경험을 쌓은 뒤에 보니 그런 생각은 전적으로 틀린 것이었다.

그렇지 않다고 주장하는 사람이 있다면 그가 누구든 상관없이 당신은 그를 비웃어도 좋다. 무슨 일이든 그에 관해 깊이 생각하면 할수록 더욱 잘 이해하게 되고 또 훨씬 더 잘 처리하게 된다.

76

　원하던 것을 얻게 될 기회가 왔을 때는 언제든지 주저하지 말고 손에 넣어라. 이 세상의 일이란 수시로 상황이 변해서 어떤 것을 자기 손에 분명히 넣지 않고서는 그것을 얻었다고 말할 수가 없기 때문이다.

　이와 마찬가지 이유로, 원하지 않는 제안을 받았을 때는 최대한으로 시간을 끌면서 그것을 수락하지 마라.

　시간이 지나면 사태가 변해서 당신이 어려운 처지를 벗어나게 된다는 사실을 날마다 눈으로 볼 수 있기 때문이다. 시간이 제공하는 혜택을 받아들여야만 한다는 속담을 현명한 사람들이 자주 인용하는데 이 속담의 의미는 바로 이런 것이다.

77

자신이 원하는 것을 얻을 것이라고 큰 기대를 품는 사람들이 있는 반면 어떤 사람들은 그것을 확실히 얻게 될 때까지는 아예 기대도 하지 않는다.

의심할 여지도 없는 사실은, 기대란 너무 많이 하는 것보다는 거의 하지 않는 편이 더 낫다는 것이다.

기대를 너무 많이 하면 그것을 얻으려는 노력이 줄어들뿐만 아니라 결과가 기대에 어긋나면 더 큰 실망을 맛보게되기 때문이다.

78

폭군이 무슨 생각을 하는지 알고 싶다면 로마황제 아우구스투스와 그의 후계자 티베리우스가 나눈 마지막 대화를 기록한 코르넬리우스 타치투스의 〈로마사〉를 읽어 보라.

79

코르넬리우스 타치투스의 〈로마사〉를 유심히 읽어 본다면 폭군 밑에서 사는 사람들이 어떻게 처신해야 하는지에 관해서도 그가 매우 놀라울 정도로 잘 가르쳐 주고 있다는 것을 알게 될 것이다.

80

"운명은 자진해서 따르는 사람들은 잘 인도해 주지만 거역하는 사람들은 억지로 끌고 간다."는 말은 참으로 현명한 것이다.

이 말이 옳다는 것을 증명해 주는 일을 우리는 날마다 매우 흔하게 본다. 내 체험에 비추어 본다면 이것보다 더 옳은 말을 들어본 적이 없다.

81

폭군은 당신이 속으로 무슨 생각을 하고 있는지, 자기 통치에 관해서 만족하는지 여부를 알아내려고 온갖 노력을 다할 것이다.

그는 당신의 모든 동작을 관찰하고 당신과 대화를 나눈 사람들을 심문하며, 당신에게 질문하고 의견을 묻는 식으로 여러 가지 일에 관해 당신과 논의할 것이다.

당신이 속생각을 감추고 싶다면 그가 사용하는 모든 수단에 대해서 단단히 주의하고 경계해야 한다. 그의 의심을 부추길 만한 말을 해서는 안 되고 가장 가까운 친구들에게 하는 말조차 조심해야만 한다.

그리고 그가 꼬투리를 전혀 잡지 못하도록 그에게 말을 하고 질문에 대답해야 한다. 그가 당신을 함정에 빠뜨리기 위해 모든 수단을 동원하고 있다는 점을 항상 명심한다면 당신은 자신을 안전하게 지킬 것이다.

82

당신이 피에 굶주려 날뛰는 잔인한 폭군을 섬기는 고위 관리라면 모든 지위를 사직하고 멀리 지방에 가서 숨으라고 하는 것 이외에는 아무도 당신에게 유익한 충고를 해줄 수가 없다.

그러나 그가 영리하기 때문에, 또는 불가피한 사정이나 주위 여건 때문에 온건하게 행동한다면 당신은 크게 존경을 받으려고 노력하지 않으면 안 된다.

또한 용감하기는 하지만 조용한 성격의 소유자이며 불가피한 경우가 아니라면 변화를 좋아하지 않는 인물이라고 인정받도록 해야 한다.

그렇게 한다면 절대 권력자는 당신을 친밀하게 대하는 한편 당신에게 통치 체제를 뒤엎을 궁리를 하게 만드는 실마리를 제공하지 않으려고 노력할 것이다.

그러나 당신이 조급한 성격의 인물이라고 그의 눈에 비친다면 그는 당신을 친밀하게 대하지 않을 것이다. 그러한 경우 자기가 무슨 일을 하든 상관없이 당신이 가만히 있지는 못할 것이라고 판단하기 때문에 그는 당신을 제거하기 위한 기회를 어쩔 수 없이 노리게 될 것이다.

83

위와 같은 경우에 당신은 절대 권력자의 신임을 받는 측근들 가운데 하나가 되지 않는 것이 더 낫다. 그러면 그는 당신을 친밀하게 대하기는 하겠지만, 많은 일에 관해서 자기 측근들과는 허물없이 의논하면서도 당신과는 약간 거리를 둘 것이기 때문이다.

그렇게 되면 당신은 그가 권력을 잡고 있는 동안에도 특권을 누릴 수 있고, 그가 타도되어도 강력한 세력을 얻게 될 것이다. 이 교훈은 국가의 핵심 고위 관직을 차지하지 못한 사람에게는 아무런 도움이 되지 않는다.

84

절망에 빠진 신하들과 불만을 품은 신하들 사이에는 차이가 있다. 절망에 빠진 신하들은 오로지 통치 체제를 뒤엎을 생각만 할 뿐 아니라 자신에게 엄청난 위험이 닥친다 해도 그 위험을 무릅쓸 것이다.

그러나 불만을 품은 신하들은 아무리 체제가 바뀌기를 원한다 해도 그러한 변경 사태가 오기를 기다릴 뿐 스스로 나서서 음모를 꾸미지는 않는다.

85

사람의 본성이란 매우 사악한 것이기 때문에 통치자는 가혹한 수단을 동원하지 않고서는 다스릴 수가 없다. 그러나 그러한 수단은 영리하게 사용하지 않으면 안 된다.

다시 말하면 통치자는 자신이 잔인한 조치를 원래 싫어하지만 오로지 불가피한 경우에만 그리고 모든 사람의 이익을 위해서만 그러한 조치를 취한다는 것을 사람들이 믿도록 가능한 모든 수단을 동원하지 않으면 안 된다.

86

사물에 대해서는 그 겉모습만 보고 피상적으로 판단해서는 안 되고 실질적인 내용과 본질을 파악해야만 한다. 그럼에도 불구하고 인간관계에서 아첨하는 말이나 칭찬이 얼마나 많은 혜택을 가져다주는지를 보면 도저히 믿기 어려울 지경이다.

그 이유는 사람이란 누구나 자기 자신에 대해서는 실제 가치보다도 과대평가하기 때문이다. 따라서 자기 자신에 대한 과대평가를 상대방이 인정해 주지 않는다고 생각할 때는 누구나 원한을 품게 마련이다.

87

지킬 수 없는 약속은 하지 않는 것이 명예롭고 남자다운 일이다. 그러나 일반적으로 사람이란 반드시 이성적 판단에 따라서만 행동하는 것이 아니기 때문에 당신이 아무리 정당한 이유로 거절한다 해도 상대방은 불만을 품을 것이다.

반면에 당신이 뭐든지 시원시원하게 약속해 준다면 그는 만족할 것이다. 그런데 사태가 변해서 당신이 약속을 지킬 필요가 없게 되는 경우도 많을 것이다. 그러면 당신은 실제로 해준 것도 없으면서 상대방을 만족시켜 주었다.

게다가 약속을 지켜야만 할 때에도 항상 이런저런 핑계가 있는 것이다. 많은 사람들은 너무나도 어리석어서 빈말에 속아넘어간다. 아무리 그렇다고는 하지만 약속을 어기는 것은 추악한 짓이고, 말을 바꾸거나 핑계를 대서 얻는 이익보다는 식언에서 오는 불명예가 당신에게는 더 중대한 문제이다.

따라서 가능한 한 확실한 약속은 피하면서도 상대방을 격려하는 우회적인 말을 해주는 데 그치도록 노력해야만 한다.

88

아무런 이득도 없이 손해만 보는 일은 하지 않도록 조심하라. 그렇게 하려면 상대방이 눈앞에 있든 없든 상관없이, 당신에게 유리하거나 불가피한 경우가 아니라면 그를 비난하지 마라.

아무런 이유도 없이 적을 만드는 것은 미친 짓이기 때문이다. 거의 모든 사람이 이러한 경솔한 짓을 하기 때문에 나는 이 교훈을 들려주는 것이다.

89

결과가 어떻게 될지 전혀 고려하지 않은 채 위험과 맞서는 사람이 있다면 그는 들짐승과 같다. 그러나 피할 수 없는 위험에 대해서 확실히 파악하고 명예를 지키기 위해서 당당하게 그 위험과 맞선다면 그는 용감한 인물이다.

90

현명한 사람은 모든 위험을 잘 알고 있기 때문에 용감하게 행동하지 못한다고 많은 사람이 믿는다. 그러나 나는 정반대로 믿는다. 즉 비겁한 자는 현명한 인물이 될 수가 없다고 믿는 것이다.

어떤 위험을 실제보다 과대평가하는 사람은 용기를 내서 위험에 맞서지 못하기 때문이다. 알아듣기 어려운 이 문제를 명확하게 하기 위해 나는 예상했던 위험이 모조리 실제로 닥치는 것은 아니라는 점을 지적해 두고 싶다.

어떤 위험은 노력이나 근면함이나 용기로 피할 수 있다. 또 어떤 위험은 우연이나 무수한 사건 때문에 저절로 없어지기도 한다. 따라서 위험을 예측한다고 해서 그것이 반드시 닥친다고 말할 수는 없다.

따라서 자신에게 도움이 될 수도 있는 근거들, 그리고 우연의 작용으로 자신에게 유리한 곳이 될 수도 있는 장소들을 모두 주의 깊게 고려한 다음, 무릅써야만 한다고 알고 있는 모든 위험에 대한 두려움을 버리고 용기를 가다듬어야 하며, 명예롭고 남자다운 일에서 물러서서는 안 된다.

91

공부를 많이 하면 정신력이 약해진다고 말하는 것은 큰 잘못이다. 의지력이 약한 사람의 경우에는 어쩌면 그런 말이 맞을지도 모른다.

그러나 학식과 건전한 정신이 결합하면 그 사람의 정신력은 완전해진다. 타고난 훌륭한 성향에 풍부한 학식이 더해진다면 그것은 가장 고상한 결합을 이루기 때문이다.

92

군주들이란 오로지 자기 자신의 이익만을 위해서 그 자리에 앉는 것은 아니다. 각자 나름대로 어떤 목적이 없다면 아무도 그를 기꺼이 섬기려고 하지 않을 것이기 때문이다.

군주는 백성들을 잘 다스려서 그들의 이익을 확보해 주기 위해 군주의 자리에 앉은 것이다. 따라서 군주가 백성을 존중하지 않는다면 그는 이미 군주가 아니라 폭군으로 변한 것이다.

93

군주의 탐욕은 일반 시민의 탐욕보다 훨씬 더 역겨운 것이다. 이 말이 옳은 이유는 군주가 탐욕을 부리면 부릴수록 그만큼 더 많은 사람들의 재산을 뺏기 때문이다.

그러나 시민의 경우에 그의 재산이란 전부 그의 것이므로 자신을 위해 사용해도 된다. 시민이 자기 마음대로 재산을 처분한다고 해도 아무도 반대할 법적인 근거가 없는 것이다.

그러나 군주의 재산이란 백성들의 이익을 위해서 사용하라고 그에게 맡겨진 것이다. 그가 오로지 자기 이익만을 위해 그것을 사용한다면 그것은 백성들의 정당한 몫을 가로채는 사기 행위다.

94

페라라의 공작이 상업에 손을 대고 있는 것은 수치스러운 짓일 뿐만 아니라 스스로 폭군이 되는 것이다. 그는 자신에게 속한 것이 아니라 백성들에게 속한 것을 뺏고 있기 때문이다. 백성들이 군주의 고유 업무에 간섭한다면 군주에게 범죄를 저지르는 것이 된다. 마찬가지로, 상업에 손을 대는 그도 백성들에게 똑같은 범죄를 저지르는 것이다.

95

정치 권력의 유래를 자세히 살펴보면 모두 폭력에 뿌리를 두고 있다. 공화국의 경우 이외에는 합법적인 권력은 하나도 없다.

공화국의 경우에도 그 고유한 영토 안에서만 권력이 합법적이고 영토를 벗어나면 역시 폭력에 근거한다. 심지어는 황제의 권력마저도 이 원칙에서 예외가 아니다.

그것은 로마인들의 권한에 기초를 두고 있지만 그 어떠한 다른 권력보다 한층 더 약탈이 심한 것이었기 때문이다.

또한 나는 정치 권력을 휘두르는 성직자들도 이 원칙에서 예외로 삼지 않는다. 사실 그들은 우리를 굴복시키기 위해 세속적인 무력과 종교적인 힘을 아울러 다 같이 사용하기 때문에 그들의 폭력은 다른 권력보다 두 배나 되는 것이다.

96

이 세상의 모든 일은 너무나도 불확실하고 무수한 우연에 좌우되기 때문에 미래의 일에 관해서 미리 판단을 내리기란 매우 어렵다. 현명한 사람들의 예측이 거의 언제나 틀린다는 것을 우리는 경험으로 잘 안다.

앞으로 닥칠 더 심한 불행을 두려워하는 나머지 현재의 작은 행운의 위안을 버리는 사람들이 있는데, 미래의 불행이 당장 확실히 닥치는 것이 아닌 한 나는 그들의 태도에 동조할 수 없다.

사람들이 두려워하는 그 일이 실제로는 닥치지 않는 경우가 많고, 그렇게 되면 공연히 현재의 즐거움을 버린 사실을 깨닫게 되기 때문이다. 일이란 꼬리에 꼬리를 물고 일어나는 법이라고 하는 속담은 매우 현명한 것이다.

97

국가적인 일에 관해 논의하는 자리에서 사람들이 중대한 실책을 저지르는 것을 나는 자주 보았다. 그들은 어떤 군주가 자신의 성격과 본성에 따라서가 아니라 이성과 논리에 따라서 특정 행동을 취할 것이라고 판단하고는 했던 것이다.

예를 들어 당신이 프랑스 국왕이 어떤 행동을 취할지 판단하려는 경우, 현명한 사람이라면 어떻게 행동할 것인지를 알아보기보다는 프랑스인의 성질과 관습에 더 많은 주의를 기울이지 않으면 안 된다.

98

내가 이미 여러 번 말했고 여기서 다시 반복하지만, 시간을 유용하게 잘 사용할 줄 아는 유능한 사람이라면 인생이 짧다고 불평해서는 안 된다.

그는 무수한 일을 맡을 수 있는 데다가 시간을 유용하게 사용할 줄 알아서 오히려 시간의 여유가 있을 것이기 때문이다.

99

사업을 계속해서 하고 싶다면 어떠한 상담이라도 놓치지 마라. 한 가지 상담이 다른 상담으로 이어지기 때문이다.

상담을 놓쳐서는 안 되는 이유는 첫 번째 상담이 두 번째 상담을 위한 기초를 마련해 주고 사업을 활발하게 추진하면 좋은 명성을 얻게 되기 때문이다. 이러한 점을 고려해서라도 "한 가지 일이 다른 일로 인도한다."는 속담을 좌우명으로 삼아도 좋다.

100

여기 기록된 교훈들을 그때그때 기억해 내는 것만 해도 매우 어렵지만 실제로 그 교훈에 따르기란 더욱 어렵다. 대개의 경우 사람이란 자기가 아는 것을 그대로 실행에 옮기지는 않기 때문이다.

따라서 이 교훈들을 잘 이용하고 싶다면 자기 자신을 연마하는 데 힘써라. 또한 좋은 습관을 길러라. 그러면 이 교훈들을 잘 활용할 수 있을 뿐만 아니라 이성적 판단에 따르는 것도 별로 어렵지 않게 될 것이다.

101

코르넬리우스 타치투스가 쓴 〈로마사〉를 보면, 온 세상을 다스리고 엄청난 영광 속에서 살던 로마인들이 너무나도 비굴하게 역대 황제들을 섬겼기 때문에 오만한 폭군인 티베리우스는 그들을 쓰레기로 보고 매우 불쾌하게 여겼다는 것을 알 수 있다.

로마인들도 그러했는데 우리가 사는 피렌체의 시민들이 권력자들 앞에서 비굴한 태도를 취한다고 해서 놀랄 사람은 하나도 없다.

102

어떤 사람이 몹시 마음에 들지 않는 경우에는 당신이 그를 불쾌하게 여긴다는 사실을 그가 모르게 하기 위해서 최대한의 노력을 기울여라. 그가 눈치채면 당신과 완전히 등을 지고 말 것이기 때문이다.

불쾌한 내색을 해서 그를 완전히 떨어져나가게 만들지 않는다면, 그가 당신에게 봉사할 수 있거나 자진해서 봉사하려고 하는 상황이 자주 닥친다.

이런 식으로 이익을 보는 체험을 나는 여러 번 했다. 나는 가끔 어떤 사람에 대해 혐오감을 품고 있었지만 그는 아무것도 눈치채지 못한 채 여러 가지 상황에서 친한 친구로서 나를 크게 도와주었던 것이다.

103

단칼에 망하는 것이 아니라 조금씩 악화되다가 결국은 소멸하게 되어 있는 것들은 사람들이 처음에 생각했던 것보다 더 오래 지속된다.

일이란 사람들이 생각하는 것보다 더 느리게 진행되기 때문이기도 하고, 사람들이 완강하게 버티는 경우 그들은 다른 사람들이 예상하지 못한 많은 일을 감당하고 성취시키기 때문이기도 하다.

예를 들면 기아와 군수물자와 비용의 결핍과 기타 이유로 곧 끝날 것이라고 여겨지던 전쟁은 우리의 예상보다 훨씬 더 오래 계속된다.

이와 마찬가지로 결핵 환자는 의사와 주위 사람들이 예상한 것보다 항상 더 오래 산다. 그리고 사업가는 자신이 발행한 어음과 그 이자 때문에 어쩔 수 없이 파산할 때까지는 일반적으로 예측한 것보다 더 오래 버틸 수가 있다.

104

세력가와 저명인사들은 일반 백성들에게 큰 혜택을 베풀어 주겠다고 마구 약속하여 그들을 자기 마음대로 조종하려고 드는 법이다.

이런 인물들이 당신을 칭찬하고 부추길 때는 그 사탕발림에 넘어가지 않도록 조심하라.

그들의 말이 근사하게 들리면 들릴수록 당신은 냉정한 정신을 유지하고 쉽게 속아넘어가지 않기 위해서 한층 더 자제를 하지 않으면 안 된다.

105

명예를 소중하게 여기는 것보다 더 훌륭한 장점은 없다. 명예를 존중하면 어떠한 위험도 두려워하지 않을뿐더러 치사한 행동을 절대로 하지 않는다.

이 교훈을 명심하라. 그러면 모든 일이 잘될 수밖에 없다. 나는 전문가의 입장에서 이런 말을 해주는 것이다.

106

자유를 외치는 사람들을 경멸하라. 물론 그런 사람을 모조리 경멸하라는 것은 아니다. 그러나 대부분은 경멸을 받아 마땅하다. 폭군 밑에서 출세를 더 잘하고 부귀를 한층 더 누릴 수 있다는 생각이 들기만 하면 그들은 곧장 폭군에게 달려가 무릎을 꿇을 것이다.

사람이란 거의 대부분의 경우 이기심에 따라서 행동하게 마련이고 명예와 영광의 참된 가치를 존중하는 사람은 매우 드물기 때문이다.

107

나는 루도비코 공작의 후손들이 밀라노 도시국가를 다스리도록 신이 허락했다고는 도저히 믿을 수가 없다.

그것은 그가 매우 사악한 방법으로 최고 지도자의 지위를 강탈했기 때문이라기보다는 그렇게 지위를 강탈함으로써 그가 이탈리아 전체를 파멸시키고 외국의 지배를 받도록 만들었으며 유럽의 국제 사회에서 수많은 분쟁을 일으켰기 때문이다.

108

선량하고 충직한 시민이라면 폭군과 원만한 관계를 유지하도록 노력해야만 한다고 나는 주장한다. 이것은 그의 개인적인 안전을 도모하기 위한 것일 뿐만 아니라 그의 조국을 위해서도 유익한 일이다.

물론 폭군의 의심을 받으면 그는 위험해지니까 폭군과 사이 좋게 지내야 한다. 그리고 폭군과 원만한 관계를 유지하면 그는 자신의 말과 행동을 통해서 올바른 일은 많이 이루어지도록 돕고 나쁜 일은 최대한으로 막을 수가 있는 것이다.

그런 사람을 비난하는 사람은 미친 것이 분명하다. 폭군 주위에 사악한 무리만 들끓는다면 그런 나라와 백성은 엄청난 피해를 보게 마련이다.

109

우리 조국인 피렌체가 가까운 도시국가 시에나를 지배할 입장에 놓이지 않았을 때는 시에나에 훌륭한 정권이 들어서는 것이 피렌체를 위해서도 이익이 된다.

시에나의 현명한 지도자는 언제나 우리와 기꺼이 교섭할 뿐만 아니라 시에나 사람들이 우리들에 대해서 원래부터 품고 있는 증오심보다는 이성적 판단에 따라 행동할 것이기 때문이다.

그리고 그는 피렌체가 다스리는 토스카나 지방을 상대로 전쟁을 일으키려고 날뛰지는 않을 것이다. 그러나 피렌체 출신이 교황이 되어 교황청 국가를 다스리고 있는 현재의 상황에서는 시에나의 정치가 문란해지는 것이 우리의 이익이다. 시에나의 정치가 문란해질수록 그 나라는 우리의 손아귀에 더욱 쉽게 들어올 것이기 때문이다.

110

교황이 페라라를 지배하게 되면 그의 후계자들이 다음에 노리는 목표는 피렌체가 다스리는 토스카나 지방이 될 것이라는 사실은 누구나 다 알고 있다.

강력한 군주가 다스리고 있는 나폴리 왕국을 교황이 자기 손아귀에 넣기란 너무나도 어렵기 때문이다.

111

공화국 체제에서는 막강한 세력을 지닌 귀족 가문들이 유지되는 것이 세력이 별로 크지 않은 우리와 같은 가문들을 위해서 유리하다.

그들이 백성들로부터 미움을 받고 있기 때문에 우리는 덕을 본다. 그러나 그들이 파멸하고 만다면 백성들의 미움이 우리들에게 화살을 겨눌 것이다.

112

우리 아버지는 피렌체의 최고 지도자인 피에로 소데리니에게 메디치 가문 사람들을 평범한 시민으로 복권시키라고 충고한 적이 있는데 그것은 참으로 옳은 충고였다.

국가의 가장 위험한 존재는 망명객의 무리인데 메디치 가문 사람들을 시민으로 복권시키면 우리 나라에는 망명객 문제가 저절로 없어지는 결과가 될 것이다.

또한 그러한 조치는 메디치 가문이 피렌체 국내뿐만 아니라 외국에서도 세력을 떨치지 못하게 할 것이다. 그들이 돌아왔을 때 자신들이 다른 일반 시민들과 똑같은 자격으로 살아가야만 한다는 사실을 깨닫는다면 기꺼이 피렌체에 계속해서 거주하려고 하지는 않을 것이기 때문에 우리 나라 안에서 그 세력을 잃게 된다.

한편 피렌체 안에 메디치 가문을 지지하는 세력이 크다고 믿는 다른 나라의 군주들은 그들이 피렌체로 돌아가서 아무런 세력도 떨치지 못하는 것을 보면 그들을 더 이상 존중하지 않을 것이기 때문에 결국 메디치 가문은 외국의 지지 세력마저 잃게 될 것이다.

평범한 인물에 불과했던 피에로 소데리니는 우리 아버지의 충고를 받아들이지 않았다. 물론 피에로 소데리니보다 더 총명하고 용기가 훨씬 뛰어난 인물이 피렌체의 최고 지도자였다면 그 충고를 받아들였을지도 모른다.

113

개인의 경우와 마찬가지로 어느 나라의 백성이든 언제나 자기가 가진 것보다 더 많은 것을 가지고 싶어하는 법이다.

따라서 그들의 최초의 요구를 거절하는 것이 현명한 조치이다. 그들의 첫 번째 요구에 굴복하면 계속되는 요구를 막을 수가 없기 때문이다.

최초의 요구가 통하게 되면 그들은 더 많은 것을 요구할 뿐만 아니라 종전보다 한층 더 기세 등등하게 요구할 것이다. 마실 것을 많이 주면 줄수록 그들은 더욱 목이 말라서 아우성친다.

114

과거의 일은 미래를 비추는 등불이다. 세상이란 언제나 똑같고, 현재와 미래의 일이란 과거에도 있었던 것이기 때문이다. 과거에 똑같은 일이 반복해서 일어나는데 다만 사람들의 이름과 사태의 모습이 달라졌을 뿐이다.

바로 그러한 이유 때문에 누구나 이런 사실을 깨닫는 것은 아니다. 오로지 지혜로운 사람, 사물을 잘 관찰하고 깊이 생각하는 사람만이 깨닫는다.

115

재능이 탁월한 사람보다는 평범한 사람이 더 잘 살고 더 장수를 누리며 어떤 면에서는 더 행복하게 지낸다는 것은 의심할 바 없는 사실이다. 탁월한 인물은 분쟁을 일으키고 걱정거리를 만들어 내는 성향이 강하기 때문이다.

그러나 평범한 사람은 인도적인 일보다는 잔인한 야수와 같은 짓에 더 잘 휩쓸리는 반면에 탁월한 인물은 인간적인 차원을 뛰어넘어 신과 같은 경지에 가까이 이른다.

116

시대가 바뀌면 언어, 유행, 행동양식이 변할 뿐만 아니라, 사람들의 취향과 선호하는 대상마저도 바뀐다는 것을 예리한 관찰자는 잘 깨달을 것이다. 같은 시대에 있어서도 나라에 따라 이러한 것들이 서로 다르다는 사실을 관찰할 수 있다.

사회 체제가 다르면 행동양식도 달라지는 것이기 때문에 나는 행동양식에 관해서만 말하는 것이 아니다. 오히려 사람들이 좋아하는 음식과 그들의 미각마저도 변한다고 지적하는 것이다.

117

적절하지 못한 때에 시행하면 매우 어렵거나 성공할 수 없는 사업도 적절한 때와 기회에 시행하면 매우 쉽게 이루어질 것이다.

적절하지 못한 때에 일을 하면 그 일을 성공시키지 못할 뿐만 아니라 심지어 적절한 시기가 나중에 닥친다 해도 일을 망칠 위험이 크다는 것을 깨달을 것이다. 그래서 현명한 사람은 참을성 있게 기다린다는 말이 있는 것이다.

118

여러 가지 관직을 거치면서 내가 지킨 원칙이 있다. 그 것은 대립하는 당사자들이 분쟁을 해결해 달라고 내게 왔을 때 이러저러한 이유로 내가 해결책을 제시하고 싶다 해도 내 입으로는 먼저 그 해결책을 말하지 않은 것이다.

그 대신에 나는 온갖 구실을 들어서 사건의 해결을 미루면서 그들이 스스로 분쟁의 해결책을 찾도록 유도했다. 이런 식으로 한 결과 내가 먼저 제안했더라면 그들이 거절했을 제안이 적절한 때가 되면 대단히 매력적으로 보이게 되어 그들은 나더러 그 해결책을 제안해 달라고 간청하고는 했던 것이다.

119

잔인하고 가혹한 수단을 자주 사용하는 군주를 사람들이 두려워한다고 해서 조금도 놀랄 일이 아니다. 자기를 해치거나 파멸시킬 수 있는 데다가 실제로 서슴지 않고 그런 조치를 취하는 군주를 백성들은 무서워하기 때문이다.

그러나 내가 칭송하는 군주란 가혹한 조치와 심한 처벌을 거의 하지 않으면서도 무서운 지도자라는 명성을 얻고 또 그 명성을 유지할 줄 아는 인물이다.

120

나는 군주가 자기 손에 피를 묻히는 극단적인 조치를 취해서는 안 된다고 말하는 것은 아니다. 다만 그런 조치는 절대적으로 필요한 경우가 아니라면 취해서는 안 된다는 것이다. 게다가 그런 극단적인 조치는 얻는 것보다 잃는 것이 더 많은 법이다.

그는 공격을 받는 당사자를 해칠 뿐만 아니라 수많은 다른 사람들마저도 불안하게 만들기 때문이다. 적을 한 명 없애거나 한 가지 장애를 극복하는 데 성공했다 해도 그는 적대 세력의 뿌리를 완전히 제거하지는 못한다.

한 명이 제거되면 다른 사람이 그를 대항해서 일어날 것이다. 그것은 마치 괴물 히드라의 머리와 같아서 하나를 자르면 일곱 개가 새로 생겨나는 것이다.

121

이 교훈들을 언제나 어디서나 무조건 따르지는 말라고 한 말을 명심하라. 상황과 여건이 달라진 특수한 경우에는 이 교훈들이 조금도 도움이 되지 않는다. 어떠한 원칙도 특수한 경우들에 대해서는 해답을 줄 수가 없고 또 그런 해결책을 가르쳐 주는 책도 전혀 없다.

오히려 그러한 해결책이란 우선은 자신의 본성에 비추어서, 그 다음에는 경험에 따라서 얻지 않으면 안 되는 것이다.

122

어떠한 지위에 있을 때보다도 군대를 지휘하는 입장에 있을 때 현명함과 탁월한 재능이 분명히 더욱 필요하다. 지휘관이 예측하고 또 처리해야만 하는 일이 수없이 많기 때문이다.

또한 각종 사태와 기회도 시시각각 닥쳐온다. 정말 그는 눈이 백 개나 되는 아르구스보다 더 많은 눈이 필요하다. 지휘관의 직책은 그 자체가 너무나도 중요하고 거기에는 엄청난 현명함이 필요하기 때문에 나는 다른 어떠한 것보다도 한층 더 무거운 짐이라고 본다.

123

원래부터 나는 교황청 국가의 멸망을 항상 내 눈으로 직접 보고 싶어했다. 그러나 행운이 밀어준 탓인지 어쩔 수 없이 두 명의 교황 밑에서 일하면서 그들의 권력 유지를 돕지 않을 수 없는 입장이었다. 그렇지만 않았더라면 나는 나 자신보다 마르틴 루터를 더욱 사랑했을 것이다.

그것은 루터의 세력이 교황청 국가의 성직자들이 다스리는 이 사악한 폭력 체제를 타도해 주거나 최소한 무기력하게 만들어 주기를 바랐기 때문이다.

124

용감한 사람과 명예 때문에 위험을 무릅쓰는 사람 사이에는 큰 차이가 있다. 양쪽 다 위험을 깨닫고 있다. 그러나 용감한 사람은 위험으로부터 자신을 방어할 수 있다고 믿는다. 그렇지 않다면 그는 위험을 무릅쓰려고 하지 않을 것이다.

한편 명예 때문에 나서는 사람은 그 위험을 필요 이상으로 두려워할지도 모르지만 당당하게 나서서 대결한다. 그것은 겁이 없어서가 아니라 수치를 당하기보다는 차라리 피해를 감수하는 편이 낫다고 결심했기 때문이다.

125

우리가 사는 피렌체에서 자주 일어나는 일이지만, 권력을 잡은 사람과 그를 지지한 측근들 사이에는 적대관계가 형성된다.

그가 권력을 잡는 데 주요 역할을 한 지지자들이란 일반적으로 재능이 많고 세력이 강하며 어쩌면 성미가 급한 인물이기 때문에 일단 권력을 장악하고 나면 그는 자기를 지지해 준 측근들을 의심하게 마련이다.

한 가지 이유를 더 들 수 있다. 그것은 이러한 지지자들이 대단한 공적을 세웠다고 자부하기 때문에 마땅히 받아야 될 보상 이상으로 더 많은 것을 받고 싶어하고 그것을 얻지 못하면 불만을 품는 것이다. 여기서 적대관계와 의심이 발생한다.

126

　다른 사람이 정권을 장악하는 데 크게 도움을 주거나 좋은 실마리를 제공한 사람이 정권을 잡은 그 사람에게 통치 방법에 관해서 이러쿵저러쿵 간섭한다면 그는 자신의 공적을 스스로 무너뜨리기 시작하는 것이다.

　왜냐하면 그는 다른 사람이 권력을 잡도록 도와주고 나서 바로 그 권력을 자기가 행사하기를 원하기 때문이다. 새로 권력을 잡은 사람은 이러한 일을 허용하지 않는 것이 마땅하다. 그런 것을 허용하지 않는다고 해서 그가 배은망덕한 사람이라는 소리를 들을 이유도 없다.

127

　해서는 안 되는 일을 하거나 반드시 해야만 하는 일을 하지 않은 사람은 칭찬하지 마라.

128

"실은 가장 약한 데가 끊어진다."는 스페인 카스티야 지방의 속담이 있다.

누가 더 세력이 큰지, 또는 누가 더 공포의 대상이 되는지 경쟁하거나 비교할 때는 이성적 판단, 정직함 또는 은혜에 보답하는 마음은 약한 쪽의 편을 들어야 마땅한데도 불구하고 약한 쪽이 지고 말 것이다. 일반적으로 사람들은 의무를 이행하기보다는 자기 이익을 챙기는 데 더 열심이기 때문이다.

129

나는 다른 사람들의 아첨을 받거나 근거도 없는 일 때문에 명성을 얻을 줄 모른다. 그러나 그런 방법을 알았더라면 내게 더 유리했을 것이다. 당신이 대단한 세력가라고 사람들로 하여금 믿게 만드는 것이 얼마나 유익한지는 믿기 어려울 지경이기 때문이다.

그런 명성만 얻어도 사람들은 당신의 호감을 얻으려고 몰려들 것이다. 물론 당신은 아무것도 증명해 보일 필요가 없다.

베네치아 공화국이나 이탈리아의 다른 군주들이 넓은 영토를 차지한 것보다는 피렌체가 지금 작은 영토나마 차지하고 있는 것이 더욱 놀라운 일이라고 나는 자주 말했다.

피렌체 주위의 토스카나 지방은 자유가 구석구석에 뿌리를 깊이 박고 있어서 피렌체의 영토 확장에 대해서는 어디서나 저항하기 때문이다.

그러나 남에게 복종하는 생활에 젖어 있고 어느 세력이 자기를 지배하든 별로 상관하지 않는 사람들이 사는 나라들의 경우는 전혀 다르다. 그런 지역의 사람들은 완강하거나 장기적인 저항을 결코 하지 않는다.

더욱이 가톨릭 교회가 지배하는 지역은 과거와 마찬가지로 지금도 피렌체의 영토 확장에 넘기가 매우 어려운 장애물이다. 교회의 세력은 너무나도 깊이 뿌리를 박고 있어서 우리 피렌체의 세력 확장을 이만저만 가로막는 것이 아니다.

선량한 사람 한 명이 다스리는 통치 체제가 소수 또는 다수의 사람들이 다스리는 통치 체제보다 더 낫다는 것은 누구나 인정한다. 권력을 잡은 소수 또는 다수의 사람들이 모두 선량한 경우라고 해도 역시 그러하다. 그 이유는 명백하다.

또한 1인 통치가 다른 통치 체제들보다 더 쉽게 나쁜 방향으로 변질될 수 있고, 그렇게 되면 가장 고약한 통치 체제가 된다는 것에 대해서도 누구나 인정한다.

이러한 변질이 유난히 쉽게 일어나는 것은 그 체제가 후계자에게 상속되는 데다가 현명하고 선량한 아버지가 자기와 비슷한 아들을 두는 경우가 매우 드물기 때문이다.

정치사상가들이라고 자처하는 인물들은 모든 조건과 위험을 다 고려한 뒤에 1인 통치, 소수 또는 다수의 통치 체제 가운데 어느 것이 신흥 도시국가에 더 바람직한 것인지를 내게 알려주기를 바란다.

132

하인들에 관해서는 그 주인보다도 다른 사람들이 더 잘 안다. 군주와 신하들의 관계에 대해서도 똑같은 원칙이 적용된다. 신하들이란 다른 사람들을 대할 때 취하는 태도를 군주 앞에서는 달리하기 때문이다.

다시 말하면 군주 앞에서는 자신의 태도를 위장하여 실제의 모습과 완전히 다른 모습으로 보이려고 애를 쓰는 것이다.

133

군주의 궁전에서 살거나 수행원 가운데 하나로 끼여 있으면서 중요한 직책을 맡기를 원한다면 언제나 군주의 눈 앞에 머물러 있도록 노력하지 않으면 안 된다. 갑작스러운 사태가 발생하면 군주는 자기 눈에 보이거나 가까이 있는 사람에게 그 일을 맡길 것이기 때문이다.

반면에 그가 당신이 어디 있는지 찾거나 당신이 올 때까지 기다려야만 한다면 당신은 기회를 놓치고 만다. 아무리 사소한 것이라 해도 한 가지 기회를 일단 놓치고 나면 더 큰일을 맡을 다른 기회들마저 놓치게 되는 경우가 많다.

134

수도원의 수도자들이 구원예정설 등 알아듣기 어려운 교리에 관해서 설교하고 돌아다니는데, 나는 그들이 미쳤다고 본다.

사람들의 마음속에 의구심을 일깨워 주는 것보다 이해하기 힘든 문제들에 관해서는 그들이 아예 생각도 하지 않도록 내버려두는 것이 더 낫다.

그렇게 내버려두면 그들은 자신의 의구심을 해소하기 위해서 "그것은 우리 신앙이 가르치는 것이고, 그래서 우리가 믿지 않으면 안 되는 것이다."라고 스스로 말할 수밖에 없을 것이기 때문이다.

135

다시 말하지만 주인이란 자기 하인들의 사정을 조금도 돌보지 않고 사소한 이유만 있어도 가혹하게 학대할 것이다. 그러니까 하인이 정직하게 일하고 자기 명예를 지키는 한, 그도 자기 주인을 똑같은 방식으로 대하는 것은 현명한 행동이다.

136

피렌체에서는 선량한 시민이면서 자유의 적은 결코 아닌 사람마저도 현재의 메디치 정권과 같은 권력의 핵심에 너무 가까이 붙어 있지 않도록 조심해야만 한다.

권력의 핵심과 지나치게 가까이 지내면 그는 백성들의 의심을 사고 미움을 받게 되기 때문이다. 그런 경우는 불리한 결과를 수없이 초래하기 때문에 최대한으로 피해야만 한다. 그런 위험이 있다고 해서 정권과 친밀하게 지내는 데서 오는 모든 혜택을 버리고 은퇴하라는 것은 아니다.

남의 재산을 함부로 뺏는다는 악명이 높거나 주요 인물들을 해치지 않는 한, 기존의 정권이 타도되고 당신이 미움을 받던 원인이 제거된 경우 당신은 다른 혐의들을 벗게 되고 당신에 대한 악평도 점차 누그러질 것이다.

또한 미리 걱정했던 그런 파멸이나 불명예 상태에 머물지도 않을 것이다. 그럼에도 불구하고 이러한 문제들은 매우 중요한 것이고 사람들이 이 점에 관해서 쉽게 잘못을 저지른다.

물론 당신이 권력에 조금도 가까이 가지 않은 사람들이 지키는 훌륭한 명성의 일부를 잃을 것이라는 점은 부인할 수 없다.

137

행운의 덕을 보고 있다는 사실을 깨닫는 사람은 한층 더 자신감에 넘쳐서 일을 추진할 수 있다. 그러나 행운이란 때에 따라서 달라질 뿐만 아니라 같은 시간에도 일에 따라서 변한다는 것을 우리는 명심해야 한다.

사물을 유심히 관찰한다면 사람들이 어떤 일에 있어서는 행운을 얻지만 다른 일에서는 불운에 직면한다는 것을 우리는 가끔 목격할 것이다.

오늘은 1524년 2월 3일이다. 지금까지 나는 수많은 일에 있어서 대단한 행운을 얻었다. 그러나 사업에 성공한다거나 내가 원하던 명예를 얻지는 못했다. 얻으려고 애쓰지도 않았던 것은 몰려왔지만 얻고 싶어하던 것은 한층 더 멀리 달아난 듯하다.

138

사람에게 가장 무서운 적은 자기 자신이다. 사람이 극복해야만 하는 사악한 행동, 위험, 걱정거리는 모두가 그의 지나친 탐욕에서 나오는 것이기 때문이다.

139

이 세상의 모든 것은 고정된 것이 하나도 없다. 사실 모든 것은 일정한 길을 따라서 움직이고 있는데 결국은 그 본질에 따라 끝나지 않으면 안 된다.

그러나 사물은 우리가 믿는 것보다는 훨씬 느리게 움직인다. 우리는 길고 긴 사물 자체의 수명이 아니라 짧은 우리 일생을 기준으로 삼아 그것들을 판단한다.

그러나 사물들의 움직임은 우리 움직임보다 더 느리고, 그것들의 본질상 너무나도 느려서 그것들이 움직이고 있는데도 우리는 그 움직임을 깨닫지 못한다.

바로 이러한 이유 때문에 사물에 대해 내리는 우리의 판단이 잘못된 것일 때가 많은 것이다.

140

오로지 풍족한 생활만을 위해 재산에 욕심을 내는 것은 천하고 비뚤어진 정신의 징표가 될 것이다.

그러나 오늘날 사람들이 살아가는 모습을 보면 너무나도 부패해서 명성을 얻기를 원하는 사람은 어쩔 수 없이 많은 재산을 모으려고 애쓰지 않을 수가 없게 되어 있다.

가난할 때는 아무도 거들떠보지 않고 또 사람들에게 알려지지도 않던 그의 재능과 장점들이 큰 재산을 모으고 나면 한층 더 빛나고 사람들이 높이 우러러보게 되기 때문이다.

141

대단히 좋은 기회가 한 번만 주어지는 사람들을 어쩌면 행운아라고 불러서는 안 될지도 모른다. 왜냐하면 매우 현명한 사람만이 그런 기회를 잘 이용할 줄 알기 때문이다.

그렇지만 그런 기회를 두 번이나 만나는 사람은 틀림없이 큰 행운을 만난 것이다. 두 번씩이나 기회를 놓친다면 그는 분명히 천치일 것이기 때문이다.

따라서 기회가 두 번이나 찾아오는 경우에는 모든 것이 행운에 달려 있지만, 한 번만 찾아오는 경우에는 그 사람의 현명함이 어느 정도 작용하는 것이다.

142

공화국에서는 자유가 정의를 세우는 데 봉사하기 위해 있는 것이다. 자유의 유일한 목적은 그 누구도 다른 사람의 억압을 받지 않도록 막아 주는 데 있다.

따라서 한 사람이 나라를 다스리든 소수의 집단이 나라를 다스리든, 정의가 제대로 실현되는 것이 보장된다면 우리는 더 많은 자유를 갈망할 이유가 없을 것이다.

고대의 현명한 사람들과 철학자들이 자유를 외치는 정권을 칭찬하지 않고 오히려 법과 정의의 확립을 보장해 주는 정권을 더 선호한 것은 바로 이러한 이유 때문이다.

143

의심스러운 곳에서 소식이 들려올 때 만약 그것이 매우 그럴듯하고 또 기대하던 것인 경우에 나는 믿기를 주저한다. 사람들은 남이 기대하던 것이나 그럴듯하게 보이는 소식을 쉽게 조작해 내기 때문이다.

반면에 나는 그 소식이 아주 엉뚱하거나 의외의 것인 경우에 더 큰 신빙성을 부여한다. 그 이유는 사람들은 남들이 전혀 예상하지 못했던 소식을 조작해 내거나 믿으려는 경향이 훨씬 적기 때문이다. 나는 이러한 경우를 많이 겪었다.

144

점성술사들은 얼마나 운이 좋은가! 점성술 자체나 그들 자신의 결함 때문에 그들의 점성술이란 엉터리다. 그런데도 그들은 수백 가지 점이 틀렸을 때 잃는 추종자들보다도 한 가지 점이 맞을 때 얻는 추종자가 더 많은 것이다.

반면에 다른 사람들의 경우에는 한 가지 거짓말만 들통이 나도 사람들은 그들의 말이라면 아무리 옳다고 해도 전혀 믿으려 하지 않는다.

이러한 현상의 원인은 사람들이 미래의 일을 알고 싶어

하는 욕망이 너무나도 강하다는 데 있다. 미래를 알 길이 달리 없기 때문에 사람들은 미래의 일을 알고 있다고 주장하는 사람이 있으면 쉽게 그를 믿는다. 이것은 환자가 그의 건강을 회복시켜 주겠다고 약속하는 의사를 무조건 믿는 것과 같다.

145

지는 쪽에 당신이 가담하는 일이 없도록 하느님께 기도하라. 지는 쪽에 가담하면 당신이 아무런 잘못이 없다고 해도 사람들의 배척을 받을 것이기 때문이다.

길거리나 광장에 나가서 당신의 결백을 주장해도 아무런 소용이 없을 것이다. 이와 반대로 이기는 쪽에 가담하는 사람은 비록 칭찬을 받을 자격이 없다고 해도 항상 사람들의 칭찬을 받을 것이다.

146

누구나 다 아는 사실이지만, 법적인 권리가 없거나 재산의 소유권을 결정하는 소송 절차가 확립되어 잘 알려져 있는 경우라 해도 개인 사이의 분쟁에 있어서는 그 재산을 차지하고 있는 쪽이 유리하다.

그런데 그 문제가 국가의 정책이나 통치자의 의지에 달려 있는 경우에는 그 재산을 차지하고 있는 쪽이 한없이 유리한 것이다.

변경할 수 없는 논리적 원칙들이나 확정된 결정을 상대로 싸울 필요도 없이 그는 그 재산을 자기 손에서 뺏어가려는 사람을 상대로 싸우기 위해 날마다 일어나는 수천 가지 사태를 쉽게 이용할 수 있기 때문이다.

147

윗사람들에게 총애받기를 원한다면 그들에게 존중과 존경의 태도를 보여라. 그러한 태도를 보이는 데 주저하지 말고 오히려 지나칠 정도로 적극적으로 보여라.

자신이 마땅히 받을 자격이 있다고 여기는 그만큼 아랫사람으로부터 존중과 존경을 받지 못한다는 생각이 들 때 윗사람은 비위가 가장 심하게 상하기 때문이다.

148

폭군의 딸들마저도 사형에 처해야만 한다는 시라쿠사 사람들의 결정을 역사가 리비우스가 언급했는데 그러한 결정이 잔인한 것은 사실이지만 나름대로 이유가 전혀 없는 것은 아니었다.

폭군이 타도되고 나면 그 폭군을 기꺼이 섬기면서 살던 사람들은 허수아비를 내세우는 한이 있어도 새로운 폭군을 세우기 위해 무슨 짓이든 하려고 하기 때문이다.

그리고 새로운 지도자가 큰 명성을 얻도록 하기는 어려운 일이기 때문에 그들은 제거된 폭군의 남은 세력을 무엇이든지 이용할 것이다.

따라서 폭군의 손아귀에서 벗어난 지 얼마 되지 않은 도시국가는 그 폭군의 가문과 후손들을 모조리 없애지 않고서는 자유가 확보되었다고 결코 안심하지 못한다. 이 원칙은 폭군의 가문 가운데 남자들에게만 적용된다.

여자들에 관한 한 나로서는 상황에 따라서, 그리고 여자들의 사람됨과 그 도시의 특수한 처지에 따라서 개별적으로 이 원칙의 적용 여부를 판단해야 할 것이라고 본다.

149

사람들의 목을 벤다고 해서 국가의 안전이 확보될 수는 없다고 나는 이미 말했다. 그렇게 마구 처형하면 괴물 히드라의 경우처럼 적을 더욱 많이 만들 뿐이다. 그러나 건물을 시멘트로 튼튼하게 짓듯이 국가의 안전을 사람들의 피를 흘려서 굳게 다지지 않으면 안 되는 경우가 많다.

이 두 가지 양극단의 경우를 구별하는 법칙은 없다. 그것은 결단을 내려야만 할 사람의 현명함과 분별력에 맡겨서 알아내지 않으면 안 되는 것이다.

150

자신이 원하는 신분과 지위를 모든 사람이 선택할 수 있는 것은 아니다. 오히려 대부분의 경우에는 운명이 부여하는 것을 받아들이고 타고난 자기 신분에 맞는 일을 할 필요가 있다. 따라서 자기가 맡은 일을 훌륭한 태도로 잘 해내는 데 그 사람의 참된 가치가 있다.

이것은 우리가 희극에서 왕이 아닌 하인의 역할을 맡은 배우라고 해도 연기만 잘하면 그에게 박수를 보내는 것과 마찬가지다. 한 마디로 어떠한 신분에 있든 누구나 칭찬을 받고 명예를 얻을 수가 있다.

151

이 세상에 사는 사람이라면 누구나 예외 없이 잘못을 저
지른다. 그리고 사람들의 잘못은 거기 따르는 우연한 사태
와 상황에 따라서 피해를 끼치는 정도가 심하거나 가볍다.
중대하지 않거나 피해를 적게 주는 잘못을 저지르는 사람
은 운이 좋은 것이다.

152

남을 해치지도 않고 자신도 남에게서 피해를 받지 않는
식으로 살아갈 수 있다면 당신은 참으로 운이 좋다. 그러
나 남을 해치지 않으면 피해를 받아야만 하는 위치에 어쩔
수 없이 놓이게 되었다면 남보다 먼저 선수를 쳐라.

그런 경우에 피해를 면하기 위해서 당신이 어떠한 행동
을 취하든 그것은 피해를 받은 뒤에 취하는 조치와 마찬가
지로 모두 정당하기 때문이다.

물론 개별적인 경우를 각각 주의 깊게 살피고 구별해야
만 한다. 근거도 없는 두려움 때문에 행동하고 나서는 어
쩔 수 없이 선수를 친 듯이 위장해서는 안 된다.

또한 상대방을 의심할 아무런 이유도 없는데 자신이 먼
저 휘두른 폭력을 정당화하려고 상대방에 대한 두려움을

내세울 정도로 그렇게 사악해지거나 심한 탐욕을 부려서도 안 된다.

153

아무리 위력이 대단하다 해도 현재의 메디치 가문이 계속해서 피렌체를 통치하기는 일반 시민으로서 그 조상들이 피렌체의 정권을 장악하던 것보다 한층 더 어렵다. 예전에 피렌체는 자유와 자유로운 조직을 아직 모르고 있었기 때문이다.

사실 그 당시에는 권력이 항상 몇몇 소수의 사람들 손에 있었다. 그리고 당시에는 권력을 누가 잡든지 그것이 시민들에게는 별로 상관이 없는 일이어서 국가의 권력을 잡은 사람은 시민들을 자기 적으로 만들지도 않았다.

그러나 시민들의 지지에 기반을 두고 1494년부터 1512년까지 지속된 정권에 대한 기억이 이제는 사람들 마음속에 대단히 강하게 남아 있기 때문에 독재 체제에서 이익을 보려는 소수의 사람들을 제외한 나머지 시민들은 권력을 독차지하는 사람을 미워할 것이다.

왜냐하면 사람들은 자기들에게 속한 것을 그가 탈취했다고 생각할 것이기 때문이다.

154

메디치 가문의 코시모의 직계 후손이 아닌 한 피렌체 사람은 아무도 자신이 최고 통치자가 될 수 있다고 믿어서는 안 된다.

사실 메디치 가문마저도 권력을 유지하는 데는 교황청의 지원이 필요하다. 그 누구도 충분히 강한 기반이나 추종 세력을 가지고 있지 못하기 때문에 최고 통치자가 될 생각조차 품지 못한다.

다만 피에로 소데리니의 경우처럼 시민의 지지에 기반을 둔 정부가 필요한 대표로 특정 인물을 선출했을 때는 별문제이다. 따라서 메디치 가문에 속하지 않으면서도 최고 통치자가 되기를 원하는 사람은 시민들과 손을 잡지 않으면 안 된다.

155

대중들의 요구와 결정은 대단히 유동적이고 또한 논리보다는 우연에 더욱 심하게 좌우되기 때문에 그들에 의지해서 권력을 잡으려고 하는 사람이 있다면 그는 제정신이 아니다. 그들이 원하는 것을 알아맞히기란 지혜보다는 행운에 더 좌우되는 것이다.

156

피렌체에서 최고 통치자의 자리를 차지할 꿈도 꾸어서는 안 되는 처지인 경우, 정권에 너무 깊숙이 개입하여 자신의 모든 운명을 정권의 운명과 같이하는 것은 미친 짓이다. 망명의 위험을 무릅쓰는 일도 절대로 해서는 안 된다.

우리는 제노바의 아도르니파와 프레고시파와 같은 그런 당파의 우두머리가 아니기 때문에 아무도 나서서 우리를 친절하게 대해 주지 않을 것이다. 그래서 우리는 명성도 재산도 없이 추운 길거리에 앉아서 구걸로 목숨을 이어나가지 않으면 안 될 것이다.

로렌초 대공의 친척이자 고문이었다가 권력에서 완전히 밀려난 베르나르도 루첼라이를 기억한다면 그의 경우가 이 문제에 관해서 확실한 증거를 제공해 준다.

똑같은 논리가 가르쳐 주는 교훈은 정치에 관여하기는 하지만 최고 통치자가 우리를 적으로 보거나 의심하지는 않도록 그와 원만한 관계를 유지하라는 것이다.

157

내 손으로 실현시킬 가망성이라도 있다면 나는 내가 싫어하는 정권을 무너뜨리려고 기꺼이 노력할 것이다.

그러나 그러려면 다른 사람들을 개입시켜야만 하는데 음모에 가담하는 사람들이란 대부분의 경우 입을 다물 줄도 모르고 어떻게 행동하는 것이 좋은지도 모르는 사악하고 미친 것들이다. 그러므로 내가 무엇보다도 혐오하는 것은 역시 정권의 타도를 음모하는 일이다.

158

율리우스 2세 교황과 클레멘스 7세 교황은 성격이 완전히 서로 다르다. 율리우스는 거의 무한하다고 할 정도로 용기가 엄청나게 많았다. 그는 충동적이고 성급하며 속이 트이고 솔직했다.

반면에 클레멘스는 용기가 거의 없고 심지어는 비겁할 정도였으며 인내심이 강하고 신중하며 속임수가 능란했다. 그런데 이처럼 정반대인 성격의 인물들이 똑같이 위대한 업적을 이룰 수 있었다.

인내와 성급함은 다 같이 유능한 군주가 위대한 일을 해내도록 만드는 성격이기 때문이다. 성급한 성격은 재빨리 공격해서 모든 것을 휩쓸어 버린다. 인내심이 강한 성격은 시간과 기회를 이용해서 적을 약화시키고 정복한다. 사태에 따라서 이런 성격은 해롭고 저런 성격은 유리하다.

두 가지 성격을 겸비해서 적절한 시기에 각각 필요한 성격을 발휘할 수 있는 사람이 있다면 아무도 그에게 맞설 수가 없을 것이다.

그러나 두 가지를 겸비하기란 거의 불가능하기 때문에 나는 모든 조건이 같다면 성급하고 과감한 것보다는 인내하고 신중한 편이 더 큰일을 성취할 수 있다고 믿는다.

159

우리가 가장 현명한 충고에 따라 행동한다고 해도 미래는 너무나도 불확실하기 때문에 결과가 예상에서 빗나가는 경우가 많다. 그럼에도 불구하고 우리는 짐승처럼 모든 것을 운명에 내맡겨서는 안 된다. 오히려 사람답게 이성의 판단에 따라야만 하는 것이다.

참으로 현명한 사람이라면 잘못된 충고에 따라서 좋은 결과를 얻기보다는 나쁜 결과를 얻는다 해도 좋은 충고에 따라 행동하는 데 더욱 만족해야만 한다.

160

피렌체에서 사람들의 환심을 사고 싶다면 야심가로 알려지는 것을 피해야 한다. 일상생활에서 그리고 아무리 사소한 일에 있어서도 그는 남보다 우월하거나 유행에 앞서거나 더 세련된 듯이 보이도록 애써서는 안 된다.

전적으로 모든 시민의 평등에 기초를 둔 시기심에 가득 찬 도시에서는 다른 사람과 평등해지기를 원하지 않거나 일반적인 생활양식에서 벗어나려고 하는 사람은 당연히 미움을 받을 것이기 때문이다.

161

경제 문제에 있어서 가장 중요한 점은 불필요한 경비를 모두 없애는 것이다. 그러나 내가 보기에는 다른 사람들과 똑같은 경비를 쓰지만 지출보다 더 많은 이익을 얻는 것이 정말 영리한 것이다. 속된 표현을 빌리자면 10원을 써서 100원을 버는 것이 진짜로 영리한 행동이다.

162

돈을 벌어들이는 사람이 아무것도 못 버는 사람보다 더 많은 돈을 쓴다고 해도, 자금을 먼저 어느 정도는 축적해 두지 않은 상태에서 자신의 수입을 근거로 많은 돈을 쓰는 것은 미친 짓이다.

돈을 벌 수 있는 기간이란 영원히 계속되지 않는다. 그런 시기를 최대한으로 이용하지 않는다면 처음과 마찬가지로 자신이 여전히 가난한 상태에 머물러 있다는 것을 나중에 깨달을 것이다.

더욱이 그는 시간과 명예를 잃고 말 것이다. 좋은 기회를 얻었는데도 그것을 활용할 줄 모른다면 사람들은 그를 얼간이라고 볼 것이기 때문이다.

이 교훈을 정말 잘 명심하라. 이 점에 관해서 잘못을 저지르는 사람을 나는 많이 보았다.

163

아버지는 "네 주머니의 금화 한 닢이 이미 써버린 금화 열 닢보다 더 든든한 것이다."라고 내게 자주 말했다. 인색하게 굴거나 명예롭고 합리적인 비용을 지출하지 않기 위해서가 아니라 낭비를 막기 위해서 이 격언은 항상 명심해야만 한다.

164

처음부터 문서가 위조되는 경우는 매우 드물다. 대개의 경우에는 사람들이 나중에 사악한 생각을 할 시간이 있을 때 위조된다.

또는 일을 처리하다가 자기에게 유리한 조건을 발견했을 때 서류를 위조하고 자기에게 유리한 내용이 문서에 들어 있도록 하려고 애쓴다.

따라서 중요한 문서를 작성하도록 시킨 경우에는 즉시 그 문서를 가져오라고 한 다음 원본을 자기 집에 보관하는 습관을 길러라.

165

개인에게 베푼 혜택과는 달리 백성이나 사회 전체에 기여하는 행동에 대해서 사람들이 고마움을 덜 느끼는 것은 사실이다. 그것은 사람들이 사회 전체를 위하는 행동이 자기에게 직접 혜택이 돌아오는 것으로 여기지는 않기 때문이다.

따라서 백성이나 사회 전체를 위해 애써서 일을 했다면, 당신이 위험이나 어려움에 처했을 때 그들이 나서서 당신을 도와줄 것이라고 믿어서는 안 된다.

또한 그들이 당신의 공적을 기억해서 자기 개인의 이익을 포기할 것이라고 믿어서도 안 된다. 그렇다고 해서 백성이나 사회를 위한 헌신적 행동을 무가치한 것으로 여겨 그러한 공헌을 할 기회를 무심히 흘려보내서도 안 된다.

그런 공헌을 하면 당신은 명성과 호감을 얻고 바로 그 명성과 호감만으로도 당신이 고생한 보람은 충분한 것이기 때문이다.

게다가 사람들이 당신의 공적을 기억해 주는 것이 당신에게 매우 유익한 경우도 적지 않을 것이다. 당신의 행동으로 혜택을 받은 사람들이 당신 편을 들어서 행동할지도 모르기 때문이다.

설령 그들이 개인적으로 직접 혜택을 받은 사람만큼은 적극적으로 나서 주지 않는다 해도 최소한 그리 많은 수고가 필요하지 않은 일에 있어서는 그들이 당신을 위해서 행동할 것이다.

게다가 고마움을 매우 적게 느끼는 사람들이라도 그 숫자가 아주 많아지면 그들 전체의 지지는 꽤 상당한 것이 될 것이다.

166

선행의 결실이란 항상 눈에 보이는 것은 아니다. 그래서 선행 그 자체로 만족하지 못하는 사람은 선행이 시간 낭비라고 생각하여 선행을 전혀 하지 않는 경우가 많다. 그러나 이러한 생각은 큰 잘못이다.

눈에 보이는 결실을 가져다주지 않는다 해도 최소한 선행은 명성을 높여 주고 사람들의 호감을 증가시킨다. 그 결과 선행을 한 사람은 수많은 경우에, 그리고 수많은 방식으로 엄청난 혜택을 받게 된다.

167

적의 공격을 받거나 포위될 처지에 놓인 지역의 통치자는 그 공격이나 포위를 지연시킬 수 있는 모든 수단을 제일 먼저 궁리하지 않으면 안 된다.

심지어 공격이나 포위를 피할 가망이 전혀 없는 경우에도 그는 적의 행동개시를 늦추도록 만드는 수단이 있다면 아무리 사소한 수단이라도 환영하지 않으면 안 된다.

하루만 끌어도, 심지어는 한 시간만 지연시켜도 위기를 모면하게 해주는 어떤 사태가 발생하는 경우가 많기 때문이다.

168

당신이 어떤 현명한 사람에게 특정한 사태의 결과를 예측해서 그 예측을 문서에 기록하게 한 다음 나중에 그것을 읽어 본다면, 그의 예측이 제대로 맞는 경우가 거의 없다는 사실을 발견할 것이다.

그것은 점성술사가 지난해에 한 예언들을 새해 첫날 다시 되돌아볼 때 그 예언이 거의 다 빗나갔다고 깨닫는 것과 같다. 이 세상의 모든 일이란 대단히 불확실할 뿐이다.

169

중대한 일에 있어서 그 세부사항을 자세히 파악하지 못한 사람은 올바른 판단을 내릴 수 없다. 매우 사소한 것이라 해도 한 가지 조건이 상황 전체를 변하게 만드는 경우가 많은 것이다.

그러나 사람에 따라서는 전반적인 내용만 파악했을 때는 판단을 잘 내리지만 세부사항을 알고 나면 판단이 형편없는 경우도 나는 적지 않게 보았다.

그것은 의지력이 약하고 격정을 자제할 줄 모르는 사람은 세부사항을 모두 듣고 나면 즉시 혼란에 빠지거나 마음이 변하기가 쉽기 때문이다.

170

앞으로 취할 대책을 논의할 때 예측 가능한 모든 사태를 가정해서 결정을 내리는 것은 위험하다. 이런 일 또는 저런 일이 반드시 일어날 것이라고 말하거나, 이런 경우에는 저런 행동을 하겠지만 저런 경우에는 이러한 행동을 하겠다는 식으로 말해서는 안 되는 것이다.

그 이유는 당신이 전혀 예측하지도 못했던 제3, 제4의 가능성이 현실로 나타나는 경우가 많기 때문이다. 그렇게 되면 당신이 내린 결정이 근거를 잃게 되어 당신은 어쩔 줄을 모르게 될 것이다.

171

코앞에 위험이 닥쳤을 때 특히 전쟁이 벌어졌을 때는 이미 늦었다고 생각해서 조치를 취하지 않거나 망설여서는 결코 안 된다.

위기와 전쟁은 그 자체의 본질상 또는 앞에 가로놓인 각종 장애에 부딪쳐서 예상했던 것보다 시간을 대단히 오래 끄는 것이기 때문에 당신이 너무 늦었다고 생각해서 취하지 않았던 조치가 사실은 적절한 시기일 경우가 많다. 나는 이러한 경우를 많이 경험했다.

172

명성을 얻게 해주는 일이 있는데도 사람들의 환심을 사고 친구들을 얻기 위해서 그 일을 포기해서는 결코 안 된다. 명성을 유지하거나 증가시키는 사람에게는 친구들과 사람들의 호감이 저절로 따라오게 되어 있다.

그러나 마땅히 해야만 되는 일을 하지 않는 사람은 사람들의 존경을 반드시 잃고 만다. 그리고 명성이 없는 사람은 친구도 인기도 없을 것이다.

173

피렌체 사람들에 대해서 페트라르카는 '성숙한 인격보다는 예리한 감성이 더 뛰어난 천재들'이라고 말했는데 그것은 참으로 옳다. 그들은 원만하고 신중하기보다는 선천적으로 발랄하고 예리하기 때문이다.

174

우리가 싫어하는 법률이나 어떤 일에 관해서 조치를 취하려고 할 때 피렌체의 오랜 관습은 우리가 싫어하는 것과 정반대되는 조치나 규정을 해결책으로 삼는 것이다.

극단이란 모두가 나쁜 것이기 때문에 그러한 조치를 나중에 살펴보면 새로운 결함들이 드러난다. 그런데도 새로운 법률과 규정들을 만들어 낼 필요가 있다.

우리가 날마다 새로운 법을 만드는 이유 가운데 하나가 여기 있다. 우리는 올바른 해결책을 찾으려 하기보다는 불의한 현실에서 도피하려고만 하는 것이다.

175

우리는 사람들이 이러저러한 경우가 아니었더라면 이러저러한 일도 일어나지 않았을 것이라고 말하는 것을 자주 본다. 이러한 논리는 얼마나 잘못된 것인가!

사태를 변경시켰을지도 모른다고 우리가 생각하는 그 요인들이 실제로 작용했다 해도 대부분의 경우에는 결과가 마찬가지로 나왔을 것이기 때문이다. 사람들은 이 사실을 모르고 있을 뿐이다.

176

메디치 가문이 많은 면에서 공화국의 원칙에 따라 피렌체를 다스리려고 한 것은 잘못이었다. 예를 들면 공직 후보자의 명단을 확대하고 모든 시민에게 공직에 참여할 기회를 준 것 등이 잘못인 것이다.

피렌체에서는 독재 체제가 소수의 열성적인 지지로 유지될 뿐인데 메디치 가문의 조치는 많은 친구들도 소수의 열성적 지지 세력도 얻지 못했다.

공화국 정부가 독재 체제 식으로 다스리려고 한다면, 특히 시민의 일부 계층을 정치에서 배제하려고 한다면 그것도 잘못일 것이다.

공화국 정부란 모든 시민이 만족하지 않으면 유지될 수가 없기 때문이다. 공화국 정부는 모든 면에서 독재 체제를 닮을 수는 없기 때문에 백성들의 미움을 사는 방식만 모방하고 나라를 강력하게 만드는 식으로는 닮지 않는 것은 미친 짓이다.

한쪽의 극단을 피하려고 거기서 멀어질수록 당신은 중간에서 멈출 줄을 모르기 때문에 자신이 두려워하는 다른 쪽 극단에 한층 더 쉽게 떨어질 것이다.

이와 마찬가지로 시민들의 지지에 기반을 둔 정권이 독재 체제를 피하기 위해 무한정 자유를 주는 쪽으로 가까이 가면 갈수록 독재 체제에 더 쉽게 떨어질 것이다. 피렌체에 사는 나의 동포들이 이 사실을 깨닫지 못하고 있는 것은 참으로 슬픈 일이다.

3

권력 유지론

1

한가하다고 해서 반드시 변덕스러워지는 것은 아니다. 그러나 한가하지 않으면 변덕스러워질 수도 없다.

2

당파의 세력을 등에 업거나 무력으로 권력을 장악해서 명성을 떨치려 하는 것이 아니라, 선량하고 현명한 사람으로 알려지도록 노력하고 공공의 이익을 위해 선행을 하여 명성을 얻으려고 한다면 그러한 시민들은 칭찬을 받아 마땅하고 그 도시에 매우 유용한 인물이다. 공화국들이 모두 이러한 시민으로 가득 차기를 나는 간절히 바란다!

3

실제로 선량한 시민이 아니라면 그는 선량한 시민이라고 사람들에게 그리 오래 인정받지는 못할 것이다. 따라서 그러한 인상을 사람들에게 주고 싶다면 먼저 선량한 인간이 되도록 노력하지 않으면 안 된다.

4

사람이란 선천적으로 선으로 치우치는 성향이 있다. 어떤 이익이나 즐거움을 기대하지 않는 한 일부러 나쁜 짓을 저지르는 사람은 거의 없고, 어쩌면 단 한 사람도 없을지도 모른다.

물론 나쁜 짓을 해서 이익을 얻을 기회가 많고 그래서 사람들은 선천적인 경향에서 쉽게 벗어난다. 사람들이 선천적인 경향을 유지하도록 만들기 위해 발견해 낸 채찍과 당근은 처벌과 보상이다.

공화국에서 이러한 수단들을 사용하지 않는다면 당신은 선량한 시민을 거의 찾아볼 수 없을 것이다. 피렌체에서 우리는 이 사실의 증거를 날마다 목격한다.

5

공화국 정부가 그 본질상 결함이 있고 잘못을 저지르게 되어 있다는 것은 인정한다. 그럼에도 불구하고 현명하고 선량한 시민들은 그것이 다른 것보다는 덜 나쁘다는 이유로 그것을 선호한다.

6

현명한 시민이 역시 선량한 시민도 된다는 결론을 내려도 좋다. 세상이 어떻게 돌아가든 선량한 시민이 아니면 현명하지도 못할 것이다.

7

대중은 후하게 베푸는 사람을 좋아한다. 그러나 참으로 현명한 사람은 대중이 좋아하는 식으로 후하게 베푸는 경우가 거의 없다. 따라서 현명함보다 후하게 베푸는 성향이 강한 사람은 칭찬받을 수 없다.

8

사람들은 정의를 지키는 인물을 사랑한다. 그러나 지혜로운 인물에게는 사랑보다도 존경을 바친다.

9

지혜로운 사람들 가운데 용감한 사람이 매우 드문 이유는 용기가 지혜에 반대되는 것이기 때문이 아니라 지혜로운 사람은 위험이 무엇인지 알고 있어서 두려움을 품게 되기 때문이다. 그런 데다가 위험을 정확하고 냉정하게 계산할 능력마저도 겸비하고 있는 경우는 더욱 드물다.

따라서 용감하지 못한 것은 지혜로운 사람에게 있어서 결점이다. 사실 위험을 실제보다 더 큰 것으로 여기는 사람은 참된 의미에서 지혜로운 것이 아니다.

10

오로지 지혜로운 사람들만이 용감할 수 있다. 그 이외의 사람들은 만용을 부리거나 고집 센 바보들이다. 따라서 우리는 용감한 사람은 모두가 지혜롭지만, 지혜로운 사람이라고 해서 누구나 다 용감한 것은 아니라고 말할 수 있다.

11

맙소사! 우리 공화국이 아주 오랫동안 지속될 것이라고 믿을 이유들보다는 곧 파멸하고 말 것이라고 믿을 이유들이 얼마나 더 많은가!

12

원칙들은 여러 책에 기록되어 있다. 그러나 예외적인 경우들은 당신의 현명한 판단에 달려 있다.

13

판단력이 뛰어난 사람은 능력이 탁월한 사람을 매우 잘 활용할 수 있다. 능력이 뛰어난 사람이 판단력이 뛰어난 사람을 활용하는 것보다는 그 반대의 경우에 한층 더 잘 활용한다.

14

공화국에서 한 시민이 다른 사람들보다 더 큰 명성을 누릴 때 그 명성이 모든 사람의 사랑과 존경에서 나오고 백성들이 그 명성을 기꺼이 유지시켜 줄 수 있다면 평등의 원칙은 결코 무너진 것이 아니다.

사실 공화국이란 이러한 백성들의 지지 없이는 지속될 수가 없다. 피렌체의 바보들이 이 원칙을 잘 이해한다면 그것은 우리 도시를 위해 매우 유익할 것이다.

15

다른 사람들을 지휘하지 않으면 안 되는 입장에 있는 사람은 명령을 내리면서 지나치게 까다롭거나 엄격하게 굴어서는 안 된다.

이 두 가지 특징을 완전히 버리라고 말하는 것은 아니다. 다만 지나치게 까다롭거나 엄격하면 자신에게 해롭다는 점을 지적하는 것이다.

16

일이란 남몰래 진행시키는 것이 매우 현명하다. 그러나 남몰래 일을 하는 것처럼 보이지 않도록 최대한의 노력을 기울이는 것이 한층 더 유리하고 또한 더욱 칭찬을 받아 마땅하다.

많은 사람들은 당신이 자기에게 비밀을 털어놓지 않는다는 사실을 알게 되면 분개할 것이기 때문이다.

17

내가 죽기 전에 직접 눈으로 보고 싶은 일이 세 가지가 있다. 그것은 우리 도시 피렌체에 질서가 확립된 공화국이 유지되는 것, 모든 야만인들로부터 조국 이탈리아가 해방되는 것, 그리고 사악한 성직자들의 독재로부터 온 세상이 해방되는 것이다.

18

당신의 안전이 조약으로 완전히 보장되거나 아니면 무슨 일이 일어나든 당신이 아무런 두려움도 느낄 필요가 없을 만큼 그렇게 강력한 힘으로 철저히 보장되지 않는 한. 양쪽 진영이 전쟁을 하고 있을 때 당신이 중립을 지킨다는 것은 미친 짓이다.

당신은 지는 쪽을 만족시킬 수 없고 이기는 쪽의 밥이 될 것이기 때문이다. 이성적인 판단으로 이 교훈을 받아들일 수 없다면, 교황 율리우스 2세와 가톨릭 국가인 스페인의 국왕이 프랑스 국왕 루이를 상대로 전쟁을 할 때 우리의 도시 피렌체가 중립을 지킨 결과가 어떻게 되었는지 살펴보라.

19

사람들은 조금도 진실하지 않다. 그래서 남의 해를 입지 않는 가장 확실한 보장은 남이 당신을 해칠 의사가 없다는 것을 확인하는 것이 아니라 해칠 능력이 없다는 것을 확인하는 것이 되지 않으면 안 된다.

20

음탕한 욕망은 충족시키는 것보다 억제하는 데 훨씬 더 큰 기쁨이 있다. 욕망의 충족은 짧게 지나가고 육체적인 것이지만 절제의 경우는 일단 욕망이 가라앉고 나면 그 기쁨은 오래 지속되며 정신적이고 또 양심에 관련되는 것이다.

21

막대한 재산보다는 명예와 명성을 더욱 추구해야만 한다. 그러나 요즈음 명성은 재산이 없으면 유지될 수가 없어서 고결한 인물들도 재산을 추구하지 않으면 안 된다. 그렇다고는 해도 자신의 명성과 권위를 유지하는 데 충분할 정도로만 현명한 방법으로 모으도록 해야 한다.

22

우리 도시 피렌체에 사는 사람들은 가난해서 부자가 되기를 몹시 원한다. 그 이유 때문에 그들은 도시의 자유를 지킬 수가 없다.

부자가 되려는 욕망은 나라 전체의 명예와 영광을 존중하거나 고려하지 않은 채 오로지 개인의 이익만 추구하게 만들기 때문이다.

23

폭군의 통치를 강화시켜 주는 시멘트는 시민들의 피다. 따라서 시민은 누구나 이러한 체제가 자기 도시 안에 자리 잡지 못하도록 경계하지 않으면 안 된다.

24

경험이 많은 것을 가르쳐 주며, 속이 좁은 사람보다는 넓은 사람이 더 많은 것을 배운다는 사실을 젊은이들은 명심해야 한다. 조금만 깊이 생각해 보면 누구나 그 이유를 쉽게 깨달을 것이다.

25

도시국가의 세력가들이 저지르는 범죄의 대부분은 상호 불신에서 나온다. 따라서 정권을 잡은 사람을 대할 때는 최대한으로 조심하지 않으면 안 된다.

또한 그를 타도할 승산이 확실한 경우가 아닌 한 그 누구도 그를 타도하려고 행동을 개시해서는 안 된다.

26

몇 가지 결함에도 불구하고 견딜 만한 식으로 정권이 나라를 다스리는 공화국이라면 시민들은 더 나은 통치 체제로 바꾸려고 음모해서는 결코 안 된다.

왜냐하면 그러한 시도는 항상 더 나쁜 결과를 초래할 것이기 때문이다. 이렇게 더 나쁜 결과가 초래되는 이유는 정권을 타도한 사람이 자신의 계획과 의도에 꼭 맞는 새 정부를 수립할 능력이 없을 것이기 때문이다.

27

어쩔 수 없는 경우가 아닌 한 자신의 비밀을 절대로 다른 사람에게 알리지 마라. 당신은 당신의 비밀을 아는 사람의 노예가 되기 때문이다. 더욱이 비밀이 알려지면 당신이 피해를 받을지도 모른다.

불가피해서 비밀을 드러내야만 하는 경우라 해도 최대한으로 시간을 끌고 나서 알리도록 하라. 사람이란 시간이 많으면 오만 가지 나쁜 생각을 다 하기 때문이다.

28

가끔 기쁨이나 분노를 그대로 드러내는 것, 다시 말하면 그런 감정을 밖으로 배출하면 속이 매우 시원해진다. 그러나 그렇게 하는 것은 자신에게 해롭다. 따라서 그렇게 하지 않는 것이 매우 현명하지만 그런 감정을 드러내지 않기란 대단히 어렵다.

29

가난한 사람들 사이에서는 우연한 사태로 악의와 충돌이 발생하지만 부자들 사이에서는 그들의 천성 때문에 그런 일이 생긴다. 따라서 가난한 사람들의 경우보다는 부자들의 경우가 한층 더 심한 비난을 받아야 한다. ■